おいしい文藝

こぽこぽ、珈琲

湊かなえ／星野博美 ほか

河出書房新社

こぽこぽ、珈琲

もくじ

こぽこぽ、珈琲

コーヒー革命

湊かなえ

革命が起こったのは今から数年前。きっかけは、近所のショッピングセンターの福引きだった。クジ運が決して強いとはいえないわたしが当てたのは「エスプレッソマシン」。

コーヒーといえばインスタントが定番で、たまに、ドリップしたのを飲むと、とても優雅な気分になれる。そんなコーヒー庶民のもとに、いきなり「エスプレッソマシン」。どう扱えばいいのかまったくわからない。そもそも、エスプレッソを飲んだことすらなかった。

でも、当たったからには、使わなければもったいない。

さっそく、家にあったドリップ用の豆でいれてみた。ブーンと圧力がかかり、ゆっくりゴボゴボとでてくるコーヒーを見ながら、なんだかすごい予感がする、と飲んでみたけれど、普通にドリップしたものとあまりかわらない。

なんで？　説明書を最後まで読んでみると、エスプレッソ用の豆は通常のドリップ用よりも細かく碾(ひ)いたものを使用する、と書いてあった。

なるほど細かくね、とすり鉢とすりこぎ棒を出してきて、コーヒー豆をゴリゴリとすってから、もう一度いれてみる。さっきよりは少し濃くなったけれど、こんなものなのかな？

わからないときはプロに訊(き)け。数日前に、コーヒー豆の専門店がオープンした、とチラシが入っていた。翌日、そのお店に行くと、親切そうなご夫婦が温かく迎えてくださった。

昨日、福引きでエスプレッソマシンが当たったのですが、どうすればいいのかさっぱりわからないので教えてください。

そう言うと、お二人はまず、店をオープンした直後にエスプレッソマシンを当てたお客様が来てくださるなんて、運命的ですね、と素敵なことを言ってくださった。

店には、ご主人が直接、いろいろな国から買い付けたという豆が揃っており、それぞれの味の特徴や、煎(い)り方や碾き方によっても味がかわるということを丁寧に教えてくださった。

エスプレッソ用にブレンドされた酸味の少ない超深煎りの豆を極細に碾いてもらい

（すりこぎでどうにかなる細かさではない）、家に帰っていれてみた。

コーヒー革命！

今まで飲んでいたのは何だったのだろう。

以来、わたしの一日はコーヒーで始まり、食後に一杯、疲れたら一杯、煮詰まったら一杯、と多いときには一日四、五杯飲んでいる。

そうするうちに、コーヒー庶民の舌は少しずつ進化を遂げていったのかもしれない。どんなお店のコーヒーも、どこか物足りないし、何か違う。外出すると、早く家に帰ってコーヒーを飲みたい、と思う。お客様に、コーヒーだけは自信を持ってお出しできる。

家で飲むコーヒーが一番おいしい、なんてものすごく幸せなことだ。

残念なことに、機械は壊れてしまい、新しいのを購入したけれど、福はずっと続いている。

ウィンナーコーヒー

星野博美

戸越(とごし)銀座商店街に「シャルマン」という老舗(しにせ)喫茶店がある。店の奥には目黒にある大鳥神社の大きな熊手が飾られ、その向かいには若き日の美川憲一の巨大なパネルが、埃(ほこり)をかぶったまま何十年も掲げられている。女主人がファンなのだろう。

大晦日(おおみそか)の紅白歌合戦で派手なパフォーマンスをする、オネエ言葉のタレントの元祖というイメージの強い美川憲一だが、私が小学生の頃はユニセックスな美形の歌手として知られていた。彼が歌う「さそり座の女」は大ヒットを飛ばし、彼のものまねがクラスでも流行(はや)ったものだった。この歌の歌詞があまりにリアルなので、針で男を一突きするさそり座の女が苦手になったくらいだった。

シャルマンが誕生したのは一九七三年のこと。この店の誕生は、当時クラスで大きな話題となった。「心に通う一杯のウィンナーコーヒーをどうぞ」という一文が看板に書かれていたからだ。

「ウィンナーが入ったコーヒーなのか？」

「なんでわざわざウィンナーをコーヒーに入れるんだ？」

「スプーンのかわりにウィンナーでかき混ぜるのかな？」

子どもたちは想像力を駆使して「ウィンナーコーヒー」の正体を頭に描いた。

私がイメージしたのは、コーヒーカップの回りに、タコの形をした赤いウィンナーが並んでいるコーヒーだった。そうする意味は全然わからないけれど、当時はいろんなメニューにタコのウィンナーが飾ってあったから、コーヒーに飾ってあっても不思議はないような気がしたのだ。家に帰って父にも尋ねた。

「ウィンナーコーヒーってさ、タコのウィンナーで飾ってあるの？」

「そんなわけないだろ！」

「じゃあウィンナーでかき混ぜるの？」

「気持ち悪いだろ！」

父は間髪入れずにそう否定したが、じゃあどんな飲み物なのかと聞くと、もごもごしてごまかした。親もウィンナーコーヒーの正体を知らなかったし、かといって子どもをシャルマンに連れていってくれるほど太っ腹でもなかった。

「それはね、生クリームの入ったウィーン風のコーヒーだよ」

そう教えてくれたのは、私に井上陽水のレコードを聞かせてくれた、いまは亡き従兄（いとこ）だった。

「アメリカンはアメリカ風のコーヒー。ウィンナーは、ウィーン風のコーヒーなんだ」

そして従兄に連れられ、私は生まれて初めてウィンナーコーヒーなるものをシャルマンで飲んだ。コーヒーの上に浮かべられた、当時はまだ珍しかったホイップクリーム。私は思いっきりクリームを吸い、口に流れこんだ熱いコーヒーで舌をやけどした。ウィーンの人は、こんなしゃれたものを飲んでいるんだ。ウィーンに対するイメージは、シャルマンのおかげで格段に上がった。

余談だが、何年か前にミュンヘンで友人たちとビヤホールに入ったことがある。友人たちはみな、ミュンヘン名物の白ソーセージ「ヴァイス・ヴルスト」を迷わず選んだが、私はメニューにあった「ヴィーナー・ヴルスト」を頼んだ。直訳すればウィーン風ソーセージ。シャルマンの影響が強かった私は、あぶられた太いソーセージに生クリームソースがかけられたしゃれた食べ物が出てくるものだと信じていた。ところが目の前に運ばれてきたのは、小さなウィンナーが数本だけだった。

「星野さん、なんでミュンヘンまで来てウィンナー食べたいの？　なんか子どもみたい」と友人たちに爆笑された。「ウィーン風ソーセージ」のことを「ウィンナー」と最初に呼んだ人を、心底恨む。

「ウィーン風」をウィンナーと勘違いし、ウィンナーを「ウィーン風」と勘違いする。つくづく自分は昭和の言語感覚が抜けないと痛感した。

思い出深いシャルマンだが、テレビドラマの舞台として登場したことがある。武蔵野市に住んでいた頃、だらだらテレビを見ていたら、見慣れた喫茶店が出てきてびっくりした。それはTBSで放映した「STAND UP!!」というドラマで、まだ超売れっ子になっていない頃の二宮和也、山下智久、小栗旬、成宮寛貴が主人公の、ありていに言えば少年の発情期をテーマとした、抜群にドライブ感のあるB級ドラマだった。

少年たちが暮らすのは大井町線・戸越公園駅の商店街という設定。懐かしい戸越銀座や五反田の風景が登場するたびに私はテレビに向かって「うぉー」と叫び、実家や姉に電話をかけまくった。

そして主人公の少年四人がたむろする喫茶店がシャルマンだった。美川憲一の巨大パネルでわかった。

「どうりでこの間、シャルマンの前に人だかりがしていたよ」と父までが興奮していた。

このドラマでもう一つ嬉しかったのは、主人公役・二宮和也の母親を片平なぎさが演じていたことだ。片平なぎさといえば、戸越銀座界隈では有名な話だが、隣駅、荏原中延（えばらなかのぶ）の人だ。

私は、一度だけ片平なぎさの姿を生で目にしたことがある。

九歳の時、荏原中延駅前にマクドナルドがオープンした。私と姉は何日も前からオープンの日を心待ちにし、マックフライポテトの無料引換券がボロボロになるほど、毎日持ち歩いた。

開店日の朝、私は姉と二人でマクドナルドの前に並んだ。店の前ではドナルドが風船を配っていた。子どもたちは群がって風船を奪いあったが、私はドナルドの白塗りの顔が怖くて風船をもらうことができなかった。

ドナルドの顔は、アメリカでは道化師のメーキャップとして市民権を得ているのかもしれないが、私には悪魔の手先にしか見えなかった。ドナルドがわざわざアメリカから来日したと信じていたので、異人さんに連れられて行っちゃった赤い靴を履いた女の子のように、アメリカへさらわれてしまうような気がした。

突然、店の前に行列した子どもたちがざわざわ騒ぎ始め、ドナルドから離れていった。取り残されたドナルドがきょとんとしている。

「片平なぎさだ！」と誰かが叫んだ。

売り出し中の片平なぎさが、たまたまそこを通りかかったのだった。彼女は少し立ち止まって私たちにほほえみかけると、お母さんかマネージャーと見られる女の人に手を引かれ、ゆっくり立ち去っていった。

当時、マクドナルドはそこらじゅうにある店ではなく、それがこんな下町の駅前にできたのである。しかも、戸越銀座でも武蔵小山でもなく、両者より少し知名度の下がる荏原中延にだ。日本におけるマクドナルドの一号店は一九七一年の銀座店だから、一九七五年の荏原中延出店はかなり早い部類に入るだろう。雨が降ろうが槍が降ろうが、その開店に立ち会いたい。私にとっては、それほどのビッグイベントだった。

ところが片平なぎさは、そんなマクドナルドの誘惑にも負けず、平然と立ち去った。「芸能人って、なんかすごいな」と思ったものだ。

生まれて初めてマックフライポテトを食べた私は、即座にその虜となった。そしてポテトの入っていた紙袋を捨てずに持ち歩いた。ポケットから紙袋を取り出しては、時々残り香を嗅ぐ。かすかなポテトの香りを嗅ぐたび、片平なぎさを思い出した。

二〇〇八年秋、シャルマンがとうとう閉店することになった。

シャルマン最後の日、ランチを食べに行った。店には花束があふれ、薄暗い店内がこれほど華やいで見えたことはなかった。その分、壁に掲げられた古い美川憲一のパネルが、余計寂しそうに見えた。久しぶりに奥の席に座ったら、美川憲一の隣にSHAZNAのIZAMのポスターが貼られていた。この店の女主人の趣味は、一貫して女性みたいな化粧をした男性なんだ。その一筋縄ではいかない感じが、なんだか嬉しかった。

店はみるみる客でいっぱいになり、待ち客が出るありさまだった。常連客は、一分でも長く店で過ごしたいところなのに、待っている客のためにさっさとごはんをかきこみ、「また夜に来るよ」とさらっと帰っていく。彼らの慎み深さは、チェーンのコーヒーショップではけっして見られないものだった。

「小学生の時、生まれて初めてここでウィンナーコーヒーを飲んだんですよ」

帰り際、女主人にそう話しかけると、彼女は「三十五年間働きづめだったので、そろそろ本当に休みます」と言って深々と頭を下げた。

これほど地元の人たちに愛された喫茶店が、老朽化と高齢化のため消えてゆく。比較的活気があるといわれる戸越銀座商店街だが、地域独自の店が次々と姿を消し、チェーンの外食産業が続々と進出しているのが実情だ。

しかし思い出は消えない。世界のどこかでウィンナーコーヒーを飲むたび、私はシャルマンを思い出し、くすっと笑うだろう。

コーヒー談義

野呂邦暢

　地獄のように熱く、恋のように甘く、思い出のように苦く、というのがコーヒーを淹れるこつだそうである。コーヒーに一家言をもつ人々がいて、豆の選択から炒り方、水、温度となかなかうるさい。口に含んだだけで、これはモカが五にキリマンジャロが三、コロンビアが二の割合と当てるから感心させられる。私はといえばインスタントとそうでないものの区別が関の山である。

　初めて煙草をすった日のことは覚えているのに初めてコーヒーを飲んだ日のことは記憶にない。昭和二十年代の半ばにはまだインスタントコーヒーは市販されていなかった。食料品店に売ってあるのは焦がした大豆粕を碾いたような粉末だった。ラベルにはあれでちゃんとコーヒーと印刷してあった。何を原料にしたものか今もって見当がつかない。

その頃、諫早には喫茶店は二軒しかなかった。高校生となって、月に何回か若い叔父につれられコーヒーをのみに行くようになったのがそもそもの病みつきだ。映画を見た帰りに喫茶店のドアをあけるのが習慣になった。勘定を払うのは叔父に決っていた。気前のいい独身の叔父を持った少年は幸福である。最初はそれほど旨いと思わなかったけれども、ある晩、聴き馴れたレコード音楽が初めて耳にするもののように異様な美しさで私をとらえた。カフェインで柔らかい大脳を刺戟されただけのことにすぎないが、コーヒーなしでやっていけなくなるきっかけとしてはそれで充分だった。日にどうかしたら五杯のむことがある。胃に悪いと知っていても減らせないのは煙草と同じだ。何事もほどほどということができない。中庸から私くらい遠い者はいない。こんな性分だから酒が飲めたら度し難い大酒飲みになっていただろう。

　三年前に胆石を取る手術を受けた。退院する日に、当分酒はダメですなと医師から宣告された。下戸だからそういわれたところで平気の平左であった。コーヒーは、と私はきいた。もちろんいけない、と相手はいった。半年は我慢しなさい……。

　退院した日に私は喫茶店へ行った。命がけですするコーヒーはなんともいえない。地獄のように熱く恋のように甘いコーヒーを私はじっくりと味わった。体は別に異状を示さなかったが、医師の言にそむいた罰で今はやや頭がおかしくなっているようだ。相手のいいつけは守るべきである。ところで淹れ方の形容に関して地獄のように熱く、というのはいいとして、恋のように甘く、というのはどうだろう。恋のように苦く、思い出のように甘く、というのが本当ではないだろうか。

コーヒー好きは小人物であるときめつけた作家がいる。先日、東京で私はたまたまその人と同じホテルに泊りあわせた。彼がロビーで旨そうに飲んでいたのはコーヒーであったが、一体あれはどういうつもりでいったのだろう。

古ヒー

阿川佐和子

世の中には、コーヒーをこよなく好む人がいるものだ。いつ会っても手元にコーヒー。喫茶店や仕事場に着いてまず注文するのはコーヒー。迷うことなくコーヒー。食事中にずっとコーヒーを飲んでいる男性を見かけたこともある。洋食ならまだしも、和食である。刺身にコーヒーは合わないだろう。横目でチラチラ眺めつつ、本当にこの人はコーヒーが好きなんだなあと感心した。

私はそれほどのコーヒー党ではない。飲まないわけではないし、無性に飲みたくなることも、ままある。頻度としては、そうですね、ときどき鰻（うなぎ）がむやみに食べたくなるよりは頻繁に、しかし、ああ、ビールが飲みたいと思うほどしょっちゅうではない。

どうやら私の身体（からだ）にはコーヒー限度枠というものがあるらしく、一定の量……だいたい一日に二杯か三杯飲むと、「これ以上は無理。無理、無理、無理」と胃袋がサイレンを鳴らすきらいがある。その警告に逆らって飲み続けると、胃が重くなり、全体的に具合が悪くなる。

実際、今まではそうであったし、そんな経験則に従って、つかず離れずのほどよいコーヒー関係を保ってきたつもりである。そのはずだったのだが、このところ、ちょっと様子が違ってきた。私の胃袋がコーヒーにさりげなく好意を寄せ始めている。

きっかけは、今年の夏、軽井沢の友人宅で朝ご飯をご馳走（ちそう）になって以来と思われる。その友達に、一人で早朝ゴルフに行くという話をしたら、

「あら、ウチ、そのゴルフ場のすぐそばなの。帰りに寄ってらっしゃいよ。一緒に朝ご飯食べよ！」

こうして私はハーフラウンドを終え、朝の八時半頃、ゴルフウエアのままそのお宅に赴いた。

他人の家で晩ご飯をご馳走になる機会はあっても、朝ご飯の席に居合わせることはそうそうない。なるほどこの家では朝、こんなものを食べるのかと、新たな発見があって面白い。テーブルの上には個々の席の前に可愛らしいビニールのランチョンマットが敷かれている。ご馳走は、ポテトサラダとブリーチーズとハムとジャムと数種類のパン。朝からブリーチーズなんて珍しいと思ったが、トーストしたパンに載せて食べるとこれがなかなか新鮮でおいしい。さらに新鮮だったのが、大きなマグカップに

コーヒーを何杯も追加してくれることだった。

「おかわり、いらない？」

気がつくと傍らに、その家のお母さんである私の友人がポット片手に立っている。

「あ、ありがとう……」

「お父さんは？」「アキコは？」

おかわり自由のレストランのように、絶えることなくコーヒーが補充されていく。いつもなら一杯でじゅうぶんと思うところ、もてなし上手の友人のおかげか、そのコーヒーがおいしかったせいか、あるいは朝の運動が功を奏したか、私はその日、自分としては珍しく四杯も飲む結果となった。

「パン、もう一枚、食べる？」

「いえいえ、もう結構です」

ふくれあがった二段腹を叩きながら礼を言い、しばしおしゃべりをしているうちに、じわじわと……、どうしましょう。でもさんざんご馳走になって、こんなきれいな別荘で、それは少々気が引ける。頃合いを見て、おいしかった、ごちそうさまでした、ではそろそろ。立ち上がろうとすると、

「そういえば、こないだの同窓会でね……」

「へえー、その話はまたゆっくり。うんうん、また連絡する、はいはい」

もはや事態は緊急の様相を呈してきた。一刻も早くいとまを願いたい。が、久しぶりに会った友人との話は尽きない。別れるのは忍びがたいが、もう限界だよ、おっかさん。

最後には脂汗がにじみ出んばかりの切迫感をともなってようよう自宅に帰り着き、バッグも鍵もそこらへんに放り出し、一直線に、向かったのであった。

ほほお。なんという解放感。その後のスカッと感。空気はおいしく、緑はまぶしく、そして機嫌は上々である。

コーヒーはいいぞ。

以来、できるだけ毎朝コーヒーを飲むことに決めた。思えば何かの景品で当たったコーヒーメーカーが家にある。長らくホコリをかぶったままだった。放っておいてごめんね、メーカー君。今日から君が朝のスターだよ。

ところでおいしいコーヒーはあっただろうか。かつてほんの短い期間ではあるが、我がコーヒーブームの存在した時期がある。そのときはハワイで買ってきたバニラやマカデミアナッツなどのフレーバーの入ったコーヒーが気に入って、飲み続けていた。あれはもう全部、使い切ったんだっけ。と、棚を探ったら、出てきました、ハワイ産ではないが、普通のコーヒー豆の入った袋が。これはいつからあっただろう。まあ、いいいか。いそいそと袋の封を開け、香りを嗅ぐ。なんだかイマイチ。でもめげずに付属のグラインダーにかけて細かい粉にして、また鼻に近づける。いい感じかな。スプーンで山盛り四杯。一人でも四杯ぐらいは飲めるようになった私である。ちょいと大人な気分だ。ポタポッタという軽やかな音と部屋に漂うホッとする香りにさらなる期待が膨らんで、さあ、出来上がったコーヒーをマグカップに注ぐ。そして一口……。

コーヒーは、やっぱり新鮮に限る。

コーヒーとフィルトル

小島政二郎

フランスの小説を読むと、朝、目をさますと、ベッドの中で朝のコーヒーを飲む描写によくぶつかる。

朝のコーヒーは、新しく入れるのではなく、きのう使ったコーヒーの滓（かす）をためて置いて、それをもう一度煮出して、それにタップリ牛乳を入れたものだと聞いている。本当かウソか知らないが、二十年も前にフランス帰りの絵書きに聞いて、それ以来本当だと私は信じている。

佐佐木茂索（もさく）が新婚の翌日、家へやって来て、

「朝、うつらうつらしていると、女房が熱いタオルで足をふいてくれて、いい気持で目がさめた。そうしたら、すぐ熱いコーヒーを持って来てくれてね、女房はいいものだと思ったよ」

目尻（めじり）の下がった目をその時一層下げていたのをいまだに覚えている。私はそんないい思いをいっぺんもしたことがない。

朝は何十年来パンだから、フランス流のコーヒーを飲みたいと思う。が、これまでうまくはいったためしがない。日本のお茶もなかなか入れ方がむずかしいが、しかし、一日に一度ぐらいはうまくはいることがある。ところが、コーヒーときたら、私の生涯の間に「ああ、うまくはいった」と思ったことは一度もない。で、朝も紅茶にしてしまった。

昼間はお客さまが来るので、原稿の執筆はどうしても夜になる。来客が立て込んだ日など、夜机に向かおうとすると、眠いことがある。そんな時には眠けざましにコーヒーを飲む。

そうでなくとも、早く興奮したい一心で、毎晩コーヒーを飲む。うまくはいらないので、いろんなコーヒー沸（わ）かしを買った。コーヒー沸かしと名の付くもので、私が買わなかったのは一つもあるまい。今でも大掃除の時などに、思いも寄らないコーヒー沸かしがサビを付けて姿を現わすことがある。

普通の、下へ水を入れて、上にコーヒーを入れて火に掛けると、ボッ、ボッと、沸（ふっ）騰（とう）した湯がコーヒーを通して下に落ちるパーコレーターという式の。

ノドをやられた時吸入を掛ける、あれを作っている久能木（くのぎ）という店で、一時コーヒー沸かしを発売したことがある。それ。
ガラスの球が二つあって、今は上と下とに重ねるようになっているが、昔は左右に並んでいた。一方の球へコーヒーを入れ、一方の球に水を入れて、下からアルコールランプで熱すると、湯になった水が管を伝わってコーヒーの方の球へ移動する。ランプを消すと、また湯だけもとの球の方へ返って来る。サイホン式と言ったと思う。
キンヒー会社の真空式。これはピカピカ光った金物の、背の高い鉄瓶と思えばいい。違うところは、真中から二つに取りはずしのできることだ。

今、夜中で幾ら探しても実物が出て来ないのでうまく説明ができないが、下へまずコーヒーを入れて、それへホンの少し水を注いでネトネトにする。そのまま五分か十分置いといて、今度は熱湯を注ぎ、よくかきまぜる。それへ、玉子の殻を粉々にしたのを入れて、ネルの切れを縁から垂れ下がるようにかぶせ、それへ二つに取りはずして置いた一方を上からはめ込む。そうして置いて、クルッと入れ物を上と下とへ引ッ繰り返すのである。

そうすると、長い間掛かって、コーヒーの液がポタポタ、ポタポタ、下の器にしたたり落ちる。私が使ったコーヒー沸かしの中で、このキンヒーが一番うまくはいる。欠点は手数の掛かることと、時間を食うことと、ポタポタ垂れている間に、コーヒーがぬるくなってしまうことだ。そこで、いやでももう一度暖めなければならない。ところが、もう一度暖め直すことはコーヒーにとっては大禁物だと高橋邦太郎君から聞かされた。

このキンヒーに似ていて、引ッ繰り返さないでいいのが最近アメリカでできたが、でき上がるコーヒーの味の点で比較にならないくらいまずい。

私の友だちで、コーヒー気違いとでも言うべきは、死んだ片岡鐵兵だろう。コーヒー好きとなると、高田保、高橋邦太郎。片岡は一切器械は排して、針金を輪にしたのへ白いネルの袋を取り付けたごく原始的なものを使っていた。

私もまねて使って見たが、どうも片岡が入れてくれるほどうまい味が出ない。

コーヒー沸かしには瀬戸が一番いいと言って、高橋君がフランス流のを私のために捜してきてくれた。これも二つに別々になるようになっていて、上にコーヒーを入れて、じかに少しずつ熱湯を注ぐ式のだ。上の部分の底に小さな穴が無数にあいている。その上へ、コーヒーを入れる前に、お医者さまの使う濾過紙を敷かなければならない。

このコーヒー沸かしを使うと、十度に一度ぐらいはうまいコーヒーができるが、ポタポタ垂れるのを待っている間にぬるくなってしまうのが、キンヒー同様玉に瑕だ。

もっとも、高橋君はお砂糖も入れたり入れなかったり、ミルクなどは全然入れず、ブラックのまま飲むのだそうだ。私にはまねができない。

チャップリンの「殺人狂時代」を御覧になった方は、コーヒー好きなら、きっと見のがさなかったろうと思うが、チャップリンがパリのキャッフェのテラスでコーヒーを飲むところがある。

ボーイがコーヒーを持って来る。すると、コーヒー茶碗の上に何か乗っている。チャップリンは、まずそれを取りのけて、それからコーヒーをすする。コーヒー茶碗の上に乗っている何か、あれこそは私が長年手に入れたくってウズウズしているコーヒー漉しなのだ。

高橋君の説明によると、フランス人は家庭でコーヒーが飲みたくなると、コーヒー茶碗の上にあれを乗せる。大抵瀬戸でできている由。あのフィルトルの底には、やはり無数の穴があいている。それへおもむろに自分の好きなだけコーヒーを入れ、ユックリユックリ熱湯をついで行く。

私はこのフィルトルがほしくて、フランスへ行く人を見ると、買ってきてくれるようにいつも頼むのだが、みんな忘れて帰って来る。この四月の五日に佐佐木茂索がパリへ立つ時も頼むのを忘れなかった。今度こそ茂索が忘れずに買って帰って来てくれればいいがと祈っている。

ところで、フィルトルについては一つのエピソードがある。「あまカラ」の後見をしている大久保恒次さんは、風流な方で、篆刻もなさるし、切り紙細工もなさる。「あまカラ」の表紙は毎号大久保さんの切り紙細工である。その外、表具のことにも詳しいし、瀬戸物も焼かれる。

去年のいつごろだったろうか、前触れなしに私のところへ大久保焼きの瀬戸物が一ト箱届いた。あけて見ると、フィルトルが五つ出て来たではないか。

私は大久保さんに、いかに長年フィルトルに憧れていたかということを話した覚えはない。大久保さんと共通の友だちにも、しゃべったことはない。だから、私の憧れの情を大久保さんが知っているはずがない。

とすると、私の一念が無言のうちに大久保さんへ通じたとしか思いようがない。私は天を拝し地を拝して喜んだ。

コーヒー茶碗の上に載せると、ピッタリ合う。さっそく濾過紙を敷いて、コーヒーを入れて、熱湯をチョビチョビついで行った。

出切ったところで、フィルトルをのけると、いつも銀座のアート・コーヒーで飲むのと同じ濃い艶のある真黒なコーヒーが、そこに馥郁と香おりを放っているではないか。

私は直接火に当てず、グラグラ湯を沸騰させた中へ、二重鍋でそのコーヒーを暖め直して飲んで見た。

アート・コーヒーで飲むのよりはやや劣るが、しかし、近来にないうまいコーヒーがはいった。このくらいのコーヒーが入れられれば、日ならずアート・コーヒーに匹敵するコーヒーが手製でできるに違いない。そういう喜びが胸を突いて沸き上がってきた。

「ちょいと来てごらん」

娘を呼んで一ト口飲ませて見たところ、

「うむ、これならレベル以上だね」

そう言って残りを全部飲まれてしまった。

私は喜びの興奮のさめないうちに、長い感謝の手紙を大久保さんに書いた。

その手紙と入れ違いに、大久保さんから手慰（てなぐさ）みを送ったという案内状が来た。読んで行くうちに、私は笑い出した。笑い出したら、笑いがとまらなくなった。

「どうしたの親父（おやじ）？」

娘がけげんな顔をして、涙をためてまだ笑っている私の顔をマジマジと見守った。

「それが――」

私はなかなか説明の口がきけなかった。

要するに、フィルトルではなかったのだ。私がフィルトルだと思い込んだものの中へ、納屋橋饅頭（なやばしまんじゅう）なら二つぐらいずつ入れて、受け皿に載せて、鉄瓶の蓋を取ったあとへ載せるのだ。

そう言われれば、真中に穴のあいた皿が一枚はいっていた。それは受け皿だったのだ。

客が二人の時には、フィルトルの上に更にもう一つフィルトルを重ねれば、二人前お饅頭がふかせる訳だ。五人客なら、フィルトルを五つ重ねればいい。

そう言われれば、真中に穴のあいていない受け皿と同じ大きさのお小皿が、これも五枚添っていた。中に大きく「甘辛」と紺の絵ノ具で書かれていた。

東京では、お饅頭をふかすのに、御飯蒸しを用いる。御飯蒸しを使うと、まさか一つや二つはふかせない。勢い五つから十ぐらいふかす。ムダな話だ。

第一、残れば、それを二度三度とふかし直す。ふかし直せば、味が落ちるのは知れている。フィルトルでふかせば、一つでもふかせる。その上、御飯蒸しを動員するほど大掛かりでなくて済む。鉄瓶を長火鉢なり、茶の間用のガス火鉢なりの上に載せ、蓋を取ればいながらにしてふかせる訳だ。

上方の人々の、生活に丈けていること、かくのごとし。

一杯だけのコーヒーから

片岡義男

コーヒー豆のことは英語でもコーヒー・ビーンズと呼ばれている。しかしあれは豆ではない。コーヒーの木に出来る実だ。コーヒー豆のことをコーヒーの実と言ってつうじるだろうか。僕はたまに豆の状態のものを買うが、ほとんどはすでに挽(ひ)いてあるものを買う。パッケージの袋には粉と表記してある。これもけっして粉、すなわちパウダーではない。コーヒー豆を挽く動作を英語では、コーヒー豆をグラインドする、という。グラインドは名詞でもあるから、その場合はコーヒー豆の挽き具合、という意味になる。そしてコーヒー・グラインドは、コーヒー豆を挽く道具だ。すでに挽いてあるコーヒーは、グラウンド・コーヒーと言う。グラインドという動詞は語形を変えて、挽かれたコーヒー、という意味を作る。粗挽(あらび)きのコーヒーは、コアス・グラウンド・コーヒーだ。コアスはきめが粗い、という意味だ。

今日の始まりにも僕はコーヒーを飲んだ。コーヒーを飲まないと僕の一日は始まらない、という言いかたをしてもいい。どちらかと言えば深煎りの豆を中加減にグラインドしたものを好む。一日の始まりには二杯を続けて飲む。三杯目からは、状況に応じて、飲みかたは変化する。外へ出てから三杯目、四杯目、とカップを重ねることもあるが、五杯は飲まない。

　金メッキした金属による、きわめて細かな網の目のフィルターは既製品である。外国製だと聞いた。このフィルターのかたちは、ペイパー・フィルターをセットする陶器の容器に、ぴったりと合うようになっている。だから金メッキのフィルターをそれに入れ、そこにコーヒーの粉を入れる。ティー・スプーンで四杯。そしてそこに沸騰したばかりの湯をケトルから直接に注ぐ。カップがほどよくコーヒーで満ちたなら、僕が自分で淹れる一杯のコーヒーは完成だ。ちょうど良い濃さになっている。それを飲む。最初のひと口に、よし、これでいい、という思いが重なる。なにがそれでいいのか当人にもよくはわからないが、その瞬間の自分がコーヒーを受けとめていることだけは確かだ。

　一日に平均して三杯のコーヒーを飲むとして、一年では一千九十五杯という数になる。そして十年だと一万九百五十杯だ。二十年だと二万一千九百杯だ。少なくとも四十年は、一日に三杯のコーヒーを僕は継続して飲んできた。四十年分だと四万三千八百杯を飲んだことになる。少なくとも四十年は、とは小説を書き始めてからは、というほどの意味だ。それ以前にさらに二十年ほど、コーヒー・ドリンカーとして過ごした期間がある。じつに驚嘆すべき杯数のコーヒーを僕は飲んできた。コーヒーを受容し、そこからなにかを受けとめて体内や脳内に作用させたのち、残骸を排泄する。こうして途方もないカップ数のコーヒーが、僕の内部を通過していった。今日はもう飲まないが、明日はまたかならず三杯は飲む。

　カップに満ちているコーヒーを飲むとき、カップを手に取って口まで持っていき、カップの縁(ふち)から口のなかへ、最初のひと口を入れる。その瞬間に体内に吸い込むコーヒーの香りが、たとえば僕なら僕に対して、もっとも強い覚醒の効果を発揮する、という説をどこかで読んでいまも記憶している。覚醒の効果とは、意識の解放だそうだ。一杯のコーヒーを飲み始めてから飲み終えるまでのあいだ、僕は意識が解放されるのを楽しんでいるのだろうか。

　意識の解放とは、日常というルーティーンのなかに、コーヒーを淹れて飲むというルーティーンをはめ込むことにより、ごくささやかな非日常との接点を作り出していく、ということか。僕なりに考えた結果を言葉で説明すると、こんなふうになる。日常の枠のなかで、その日常からほんのちょっとした非日常へと意識を移すにあたって、一杯のコーヒーは効果を発揮している、と考えていいのだろう。では僕は、なぜ非日常に向けて、意識が解放されなくてはいけないのか。

小説を書くからだろう、という答えはすぐに出てくる。いつもの日常のなかにいて、僕はそこで小説を書く。書くのは小説だけではないのだが、四捨五入してすべては小説だということにしておこう。小説は、それを書いていく当人にとっては、日常のなかの非日常だ。書くときにはいつだって、ふと、日常から非日常へと、なんの無理もなしに移れなくてはいけない。そのためのトレーニング、ないしは条件づけを、僕はコーヒーによっておこなってきたのではないか。小説を書く作業を始める前にコーヒーを飲むこともあるけれど、日常のなかの時間のあちこちに、コーヒーによるほんのちょっとした非日常への条件づけの瞬間が、ばらまいてある。この四十年間で四万三千八百杯のコーヒーなのだから、条件づけはほぼ完成していると考えていいだろう。

日常を離れたところに小説はある。無理して大きく離れる必要はまったくないが、日常からは離れなくてはいけない。書いていく当人も、日常を生きる人ではなく、小説を書く人として非日常の人にならなくてはいけない。コーヒーを飲むのは自宅ではなくてもいい。とっくに日常の底に沈みきって、これからもずっとそのまま、という喫茶店が昔からの商店街の片隅にあるのを、なんの用もなしにそこを歩いていて見つけると、その喫茶店に入ってみる。

そこにあるすべての断片が日常そのものだから、たとえばひとりでカウンターの席にすわった僕は、いったんはそのような日常に巻き込まれる。いつの時代のどのような様式とも知れないその喫茶店のなかには妙な匂いが漂い、店内BGMの音楽はランバダだったりする。無口な店主がコーヒーを淹れてくれる。その様子を僕は見るともなく見ている。それなりの儀式をへたのちに、一杯のコーヒーは出来上がる。

受け皿とその上のカップが僕の前に置かれる。カップを持ち上げて口へ運ぶ。最初のひと口を飲む寸前、カップぜんたいから立ち上がるコーヒーの香りを僕は体内に吸い込む。コーヒーは街のあちこちにあるけれど、コーヒーの香りは少なくなっているような気がする。カップに顔を近づけないと香りのしないコーヒーが多い。コーヒーのあの素晴らしい香りが満ちている店内、というものを最近の記憶のなかに探してごらん、じつはないから。最初のひと口を飲み下すとき、ごくわずかだが自分の感覚ぜんたいが日常から浮き上がるのを、確かに感じることは出来る。非日常へのこの小さな浮揚が、僕の体感としての記憶のなかに蓄積されると、それがやがていずれかは、小説へと転換されていく。

一杯のコーヒーを飲んだとたんに小説が頭のなかに閃く、というようなことは、けっしてないわけではないが、統計的にはゼロと言っていいほどにその機会は少ない。日常のなかでの小さな非日常への移行や浮揚の体験の蓄積が、通例としてはずっとあとになって、小説へのきっかけを生み出す。小さな非日常への移行や浮揚の体験を、僕の場合はコーヒーがさせてくれる。蓄積が大量にないと話にならない。したがって僕はコーヒーを飲む。コーヒー百杯の蓄積で短編小説への閃きがひとつ手に入るとすると、これまでに僕は五百編ほどの短編小説を書いているから、四万三千八百杯のコーヒー、という数は論理的に整合している。

　外で飲むコーヒー、つまり喫茶店のコーヒーでいちばん安いのは、僕の知るかぎりでは、一杯が百八十円だ。ドトールという店だと、ブレンド・コーヒーのＳというのが、一杯二百円だ。これを発見したのは一年ほど前のことだ。発見して以来、ときたまひとりで、ブレンドのＳを、僕は飲む。飲むたびに百円硬貨をふたつ、代金の皿に置く。そしてすぐに出来る一杯のブレンド・コーヒーを持って席へいき、そこに少なくとも二十分はいるだろうか。

　この単純な体験を何度も繰り返してようやく、なんだ、これは使えるじゃないか、と僕の頭の片隅に閃く。これとは、二枚の百円硬貨と引き換えに手に入る、一杯の本日のブレンドＳというコーヒー、そしてそれを飲む行為のぜんたいだ。使えるじゃないかとは、短編小説へのきっかけになり得るはずだ、という確信に近い判断のことだ。ひとつの閃きは次の閃きを導き出す。一杯二百円のこのブレンド・コーヒーを、男女ふたりが百円硬貨をひとつずつ出して一杯だけ買い、店の外のテーブルで分け合って飲む、という場面が僕の頭の別の片隅に閃いた。文字どおりの割り勘であるこの一杯のコーヒーを最後の場面にして、その男女ふたりの二十年ぶりの偶然の再会の物語を重ねつつ、ふたりが新たに作る関係の予感を、かつて僕は短編小説に書いた。

外で飲むコーヒーの典型は、喫茶店で飲むコーヒーだろう。いつもの店でもいいし、新しく見つけた店でもいい、とにかく喫茶店で男女が待ち合わせるところから始まっていく短編を、この二、三年、かなり書いたような気がする。一杯のコーヒーが小さな非日常への入口なら、そのコーヒーが手に入る喫茶店も、ごく小さな非日常の場なのだと言っていい。だから待ち合わせの喫茶店へ向かう行為は、小さな非日常へと入っていく行為でもある。僕におけるコーヒーと小説との結びつきの、もっとも単純な実例が、喫茶店で落ち合った男女がコーヒーとともにスタートさせる物語だ。

深煎りのコーヒー・ビーンズ二百グラム、というものをきっかけにして、短編小説をひとつ書いたことがある。コーヒーの研究で知られている喫茶店にビーンズを売る一角があり、そこである日、深煎りの豆を二百グラムだけ買ってみた。いつもその店で飲む深煎りブレンドとおなじ豆だ。豆を入れた防湿の袋は密封されていたが、コーヒー豆のあの芳香は充分に立ちのぼっていた。その袋を片手に持ち、店を出て駅まで歩くあいだの短い距離のなかで、深煎りのコーヒー・ビーンズ二百グラム、というものを最初のきっかけにして短編を書くことを、僕は思いついた。

ひと組の男女の二十年ぶりの再会の物語を僕は書いた。再会とは二十年後の物語のことなのだろうか。二十年が経過していないことには、いくら偶然に出会っても、それは再会にはならないのだろうか。そして再会とは、新たに作られていくかもしれない関係の、最初のごく小さな一歩だ。

僕はコーヒーにからめ取られている。スタート地点は子供の頃にまでさかのぼる。七歳くらいの頃から十七、八歳あたりまでの十年間に、スタート地点はまたがっている。多忙だった戦後の父親は、自宅にいるときにはいつも、アメリカから持って来たパーコレーターでコーヒーを淹れていた。パーコレーターでコーヒーを淹れると、たとえ一杯のコーヒーにせよ、コーヒーの香りは盛大に部屋のなかに満ちた。パーコレーターから放たれるこの香りを、子供の頃から青年期にかけての十年間にわたって受けとめたところから、僕とコーヒーとの関係は始まっている。

パーコレーターはアルミニウム製のごく簡素な湯沸かしポットだ。ここにコーヒー一杯分の水を入れる。パーコレーターを火にかけると、この水がやがて沸騰する。沸騰した湯は、本体のなかに別体で入れておく、細いアルミニウムのパイプのなかを沸き立ちながら昇っていき、その先端から噴き出る。噴き出た熱湯はパイプと一体になっている丸い受け皿へ落ちる。その受け皿にはコーヒーの粉が入れてあるから、熱湯はそこへ落ち、コーヒーの粉を通過しつついくぶんかコーヒーを抽出し、パーコレーターの底へ落ちる。これがふたたび熱せられてアルミニウムのパイプを昇っていく、そして受け皿に落ちる、コーヒーの粉をくぐる、という循環がパーコレーターのなかで繰り返される。

パーコレーターの蓋には透明な分厚いガラスが丸くはめ込んであり、アルミニウムの管から噴き出た湯は、最初にこのガラスの内側に衝突する。湯が循環を繰り返すにつれて、ガラスに当たる湯の色は、コーヒーの色へとその濃さを深めていく。充分にコーヒーの色となったら、一杯のコーヒーがパーコレーターのなかに完成する。ドリップではなくサイフォンだから、コーヒーの香りはより盛んに部屋のなかに放たれる。

この香りを僕は十年にわたって受けとめた。しかしパーコレーターで自分もコーヒーを淹れて飲むことはなかった。自分とコーヒーとがそのように結びつくことはなかったからだ。高校生の頃に喫茶店の時代が始まり、大学生になると学校の周囲に数多くの喫茶店があるのを知った。美人喫茶の終わり頃だ。どの店でも限度いっぱいに粉を煮出した、ひどいコーヒーを供していた。あちこちの喫茶店にたむろして一日を過ごすことが多かったが、コーヒーは好きになれなかった。

フリーランスのライターになってからは、毎日のように神保町へ出ていき、喫茶店をはしごしては原稿を書き、打ち合わせをした。一日に平均して六軒の喫茶店をはしごしたが、あの時代のコーヒーは二杯が限度だった。だからこの頃もまだ、喫茶店のコーヒーは好きではなかったし、自宅にいるとき自分でコーヒーを淹れて飲む習慣はついていなかった。

自宅でコーヒーを淹れて飲むことが毎日のルーティーンの一部分になったのは、小説を書くようになって以来だ。そのルーティーンは、あるときふと、始まった。一杯のコーヒーをひとりで淹れるための時間とそのなかでの手順が、小説の言葉への助走路のように機能したからではなかったか。そして小説を書いていくあいだにコーヒーをもう一杯。これは助走路の延長だったのだろう。いまではそのような助走路は必要ない。小説の言葉で書く物語のための、ほんのちょっとしたきっかけがコーヒーとともに僕を訪れてくれれば、という期待を楽しむために、コーヒーはある。

ここまでこうして書いてきて、いまようやくはっきりし始めたのは、一杯のコーヒーとは、それを淹れる時間と手順、そして出来上がったコーヒーの香り、という事実だ。コーヒーという液体よりも、コーヒーの香りのほうが、精神への作用力は高いという。パーコレーターで淹れてみようか。今日の午後はパーコレーターを買いにいこうか。自分で淹れる一杯のコーヒーの香りを、部屋じゅうに放ってみたくなった。パーコレーターからコーヒーが香り始めると、その部屋のなかにいる自分の内部のどこかが、ごく軽度ではあってても日常を離れ、非日常へと移行するはずだ。カップから飲むコーヒーは、そのことの確認だ。

コーヒー哲学序説

寺田寅彦

八九歳のころ医者の命令で始めて牛乳というものを飲まされた。当時まだ牛乳は少なくとも大衆一般の嗜好品でもなく、常用栄養品でもなく、主として病弱な人間の薬用品であったように見える。そうして、牛乳やいわゆるソップがどうにも臭くって飲めず、飲めばきっと嘔吐したり下痢したりするという古風な趣味の人の多かったころであった。もっともそのころでもモダーンなハイカラな人もたくさんあって、たとえば当時通学していた番町小学校の同級生の中には昼の弁当としてパンとバタを常用していた小公子もあった。そのバタというものの名前さえも知らず、きれいな切り子ガラスの小さな壺にはいった妙な黄色い蠟のようなものを、象牙の耳かきのようなものでしゃくい出してパンになすりつけて食っているのを、隣席からさもしい好奇の目を見張っていたくらいである。その一方ではまた、自分の田舎では人間の食うものと思われていない蝗の佃煮をうまそうに食っている江戸っ子の児童もあって、これにもまたちがった意味での驚異の目を見張ったのであった。

始めて飲んだ牛乳はやはり飲みにくい「おくすり」であったらしい。それを飲みやすくするために医者はこれに少量のコーヒーを配剤することを忘れなかった。粉にしたコーヒーをさらし木綿の小袋にほんのひとつまみちょっぴり入れたのを熱い牛乳の中に浸して、漢方の風邪薬のように振り出し絞り出すのである。とにかくこの生まれて始めて味わったコーヒーの香味はすっかり田舎育ちの少年の私を心酔させてしまった。すべてのエキゾティックなものに憧憬をもっていた子供心に、この南洋的西洋的な香気は未知の極楽郷から遠洋を渡って来た一脈の薫風のように感ぜられたもののようである。その後まもなく郷里の田舎へ移り住んでからも毎日一合の牛乳は欠かさず飲んでいたが、東京で味わったようなコーヒーの香味はもう味わわれなかったらしい。コーヒー糖と称して角砂糖の内にひとつまみの粉末を封入したものが一般に愛用された時代であったが往々それはもう薬臭くかび臭い異様の物質に変質してしまっていた。

高等学校時代にも牛乳はふだん飲んでいたがコーヒーのようなぜいたく品は用いなかった。そうして牛乳に入れるための砂糖の壺から随時に歯みがきブラシの柄などでしゃくい出しては生の砂糖をなめて菓子の代用にしたものである。試験前などには別して砂糖の消費が多かったようである。月日がめぐって三十二歳の春ドイツに留学するまでの間におけるコーヒーと自分との交渉についてはほとんどこれという事項は記憶に残っていないようである。

ベルリンの下宿はノーレンドルフの辻に近いガイスベルク街にあって、年老いた主婦は陸軍将官の未亡人であった。ひどくいばったばあさんであったがコーヒーはよいコーヒーをのませてくれた。ここの二階で毎朝寝巻のままで窓前にそびゆるガスアンシュタルトの円塔をながめながら婢(ひ)のヘルミーナの持って来る熱いコーヒーを飲み香ばしいシュニッペルをかじった。一般にベルリンのコーヒーとパンは周知のごとくうまいものである。九時十時あるいは十一時から始まる大学の講義を聞きにウンテル・デン・リンデン近くまで電車で出かける。昼前の講義が終わって近所で食事をするのであるが、朝食が少量で昼飯がおそく、またドイツ人のように昼前の「おやつ」をしないわれらにはかなり空腹であるところへ相当多量な昼食をしたあとは必然の結果として重い眠けが襲来する。四時から再び始まる講義までの二三時間を下宿に帰ろうとすれば電車で空費する時間が大部分になるので、ほど近いいろいろの美術館をたんねんに見物したり、旧ベルリンの古めかしい街区のことさらに陋巷(ろうこう)を求めて彷徨したり、ティアガルテンの木立ちを縫うてみたり、またフリードリヒ街や、ライプチヒ街のショウウィンドウをのぞき込んでは「ベルリンのギンブラ」をするほかはなかった。それでもつぶしきれない時間をカフェーやコンディトライの大理石のテーブルの前に過ごし、新聞でも見ながら「ミット」や「オーネ」のコーヒーをちびちびなめながら淡い郷愁を瞞着するのが常習になってしまった。

ベルリンの冬はそれほど寒いとは思わなかったが暗くて物うくて、そうして不思議な重苦しい眠けが濃い霧のように全市を封じ込めているように思われた。それが無意識な軽微の慢性的郷愁と混合して一種特別な眠けとなって額をおさえつけるのであった。この眠けを追い払うためには実際この一杯のコーヒーが自分にはむしろはなはだ必要であったのである。三時か四時ごろのカフェーにはまだ吸血鬼の粉黛の香もなく森閑としてどうかするとねずみが出るくらいであった。コンディトライには家庭的な婦人の客が大多数でほがらかににぎやかなソプラノやアルトのさえずりが聞かれた。

国々を旅行する間にもこの習慣を持って歩いた。スカンディナヴィアの田舎には恐ろしくがんじょうで分厚でたたきつけても割れそうもないコーヒー茶わんにしばしば出会った。そうして茶わんの縁の厚みでコーヒーの味覚に差違を感ずるという興味ある事実を体験した。ロシア人の発音するコーフイが日本流によく似ている事を知った。昔のペテルブルグ一流のカフェーの菓子はなかなかにぜいたくでうまいものであった。こんな事からもこの国の社会層の深さが計られるような気がした。自分の出会った限りのロンドンのコーヒーは多くはまずかった。大概の場合はＡＢＣやライオンの民衆的なる紅茶で我慢するほかはなかった。英国人が常識的健全なのは紅茶ばかりのんでそうして原始的なるビフステキを食うせいだと論ずる人もあるが、実際プロイセンあたりのぴりぴりした神経は事によるとうまいコーヒーの産物かもしれない。パリの朝食のコーヒーとあの棍棒（こんぼう）を輪切りにしたパンは周知の美味である。ギャルソンのステファンが、「ヴォアラー・ムシウ」と言って小卓にのせて行く朝食は一日じゅうの大なる楽しみであったことを思い出す。マデレーヌの近くの一流のカフェーで飲んだコーヒーのしずくが凝結して茶わんと皿とを吸い着けてしまって、いっしょに持ち上げられたのに驚いた記憶もある。

　西洋から帰ってからは、日曜に銀座の風月（ふうげつ）へよくコーヒーを飲みに出かけた。当時ほかにコーヒーらしいコーヒーを飲ませてくれる家を知らなかったのである。店によるとコーヒーだか紅茶だかよほどよく考えてみないとわからない味のものを飲まされ、また時には汁粉（しるこ）の味のするものを飲まされる事もあった。風月ではドイツ人のピアニストS氏とセリストW氏との不可分な一対がよく同じ時刻に来合わせていた。二人もやはりここの一杯のコーヒーの中にベルリンないしライプチヒの夢を味わっているらしく思われた。そのころの給仕人は和服に角帯姿であったが、震災後向かい側に引っ越してからそれがタキシードか何かに変わると同時にどういうものか自分にはここの敷居が高くなってしまった、一方ではまたSとかFとかKとかいうわれわれ向きの喫茶店ができたので自然にそっちへ足が向いた。

自分はコーヒーに限らずあらゆる食味に対してもいわゆる「通(つう)」というものには一つも持ち合わせがない。しかしこれらの店のおのおののコーヒーの味に皆区別があることだけは自然にわかる。クリームの香味にも店によって著しい相違があって、これがなかなかたいせつな味覚的要素であることもいくらかはわかるようである。コーヒーの出し方はたしかに一つの芸術である。

しかし自分がコーヒーを飲むのは、どうもコーヒーを飲むためにコーヒーを飲むのではないように思われる。宅(うち)の台所で骨を折ってせいぜいうまく出したコーヒーを、引き散らかした居間の書卓の上で味わうのではどうも何か物足りなくて、コーヒーを飲んだ気になりかねる。やはり人造でもマーブルか、乳色ガラスのテーブルの上に銀器が光っていて、一輪のカーネーションでもにおっていて、そうしてビュッフェにも銀とガラスが星空のようにきらめき、夏なら電扇が頭上にうなり、冬ならストーヴがほのかにほてっていなければ正常のコーヒーの味は出ないものらしい。コーヒーの味はコーヒーによって呼び出される幻想曲の味であって、それを呼び出すためにはやはり適当な伴奏もしくは前奏が必要であるらしい。銀とクリスタルガラスとの閃光のアルペジオは確かにそういう管弦楽の一部員の役目をつとめるものであろう。

研究している仕事が行き詰まってしまってどうにもならないような時に、前記の意味でのコーヒーを飲む。コーヒー茶わんの縁がまさにくちびると相触れようとする瞬間にぱっと頭の中に一道の光が流れ込むような気がすると同時に、やすやすと解決の手掛かりを思いつくことがしばしばあるようである。

　こういう現象はもしやコーヒー中毒の症状ではないかと思ってみたことがある。しかし中毒であれば、飲まない時の精神機能が著しく減退して、飲んだ時だけようやく正常に復するのであろうが、現在の場合はそれほどのことでないらしい。やはりこの興奮剤の正当な作用でありきき目であるに相違ない。

　コーヒーが興奮剤であるとは知ってはいたがほんとうにその意味を体験したことはただ一度ある。病気のために一年以上全くコーヒーを口にしないでいて、そうしてある秋の日の午後久しぶりで銀座へ行ってそのただ一杯を味わった。そうしてぶらぶら歩いて日比谷へんまで来るとなんだかそのへんの様子が平時とはちがうような気がした。公園の木立ちも行きかう電車もすべての常住的なものがひどく美しく明るく愉快なもののように思われ、歩いている人間がみんな頼もしく見え、要するにこの世の中全体がすべて祝福と希望に満ち輝いているように思われた。気がついてみると両方の手のひらにあぶら汗のようなものがいっぱいににじんでいた。なるほどこれは恐ろしい毒薬であると感心もし、また人間というものが実にわずかな薬物によって勝手に支配されるあわれな存在であるとも思ったことである。

　スポーツの好きな人がスポーツを見ているとやはり同様な興奮状態に入るものらし

い。宗教に熱中した人がこれと似よった恍惚状態を経験することもあるのではないか。これが何々術と称する心理的療法などに利用されるのではないかと思われる。

　酒やコーヒーのようなものはいわゆる禁欲主義者などの目から見れば真に有害無益の長物かもしれない。しかし、芸術でも哲学でも宗教でも実はこれらの物質とよく似た効果を人間の肉体と精神に及ぼすもののように見える。禁欲主義者自身の中でさえその禁欲主義哲学に陶酔の結果年の若いに自殺したローマの詩人哲学者もあるくらいである。映画や小説の芸術に酔うて盗賊や放火をする少年もあれば、外来哲学思想に酩酊して世を騒がせ生命を捨てるものも少なくない。宗教類似の信仰に夢中になって家族を泣かせるおやじもあれば、あるいは干戈（かんか）を動かして悔いない王者もあったようである。

　芸術でも哲学でも宗教でも、それが人間の人間としての顕在的実践的な活動の原動力としてはたらくときにはじめて現実的の意義があり価値があるのではないかと思うが、そういう意味から言えば自分にとってはマーブルの卓上におかれた一杯のコーヒーは自分のための哲学であり宗教であり芸術であると言ってもいいかもしれない。これによって自分の本然の仕事がいくぶんでも能率を上げることができれば、少なくも自身にとっては下手（へた）な芸術や半熟の哲学や生ぬるい宗教よりもプラグマティックなものである。ただあまりに安価で外聞の悪い意地のきたない原動力ではないかと言われればそのとおりである。しかしこういうものもあってもいいかもしれないというまでなのである。

宗教は往々人を酩酊させ官能と理性を麻痺させる点で酒に似ている。そうして、コーヒーの効果は官能を鋭敏にし洞察と認識を透明にする点でいくらか哲学に似ているとも考えられる。酒や宗教で人を殺すものは多いがコーヒーや哲学に酔うて犯罪をあえてするものはまれである。前者は信仰的主観的であるが、後者は懐疑的客観的だからかもしれない。

芸術という料理の美味も時に人を酔わす、その酔わせる成分には前記の酒もあり、ニコチン、アトロピン、コカイン、モルフィンいろいろのものがあるようである。この成分によって芸術の分類ができるかもしれない。コカイン芸術やモルフィン文学があまりに多きを悲しむ次第である。

コーヒー漫筆がついついコーヒー哲学序説のようなものになってしまった。これも今しがた飲んだ一杯のコーヒーの酔いの効果であるかもしれない。

コーヒーと私

清水幾太郎

この数年間は、新宿の伊勢丹からコーヒーを買っている。地下のコーヒー売場に電話をかけると、あちらが心得て等量のモカ・マタリとフレンチ・ローストとを細かく挽(ひ)いて届けてくれる。こういう配合が果して賢明であるかどうか、コーヒー通(つう)の間には面倒な議論があるであろうが、私はヒロムのサイフォンを使って、それでコーヒーを作り、朝から晩までガブガブ飲んで申分ない満足を味わっている。この幸福が永久に続いてくれることを私はただ願う。しかし、考えてみると、ここへ落着くまでには、いろいろのことがあった。

＊

第一次世界大戦の最中、私は小学生であったが、相変らずの病身で、やたらに熱を出しては床に就いていた。きっと、医者も手を焼いたのであろう、或る日、医者は私の枕元にコーヒーの豆を幾粒か並べて、「これを煎じて飲むと病気が癒る」と言った。今から思うと、この豆は焙煎してなかったようである。しかし、とにかく、この奇妙な形の豆の中に私の健康を取り戻してくれる魔力があるのか、と頼母しいというよりは、むしろ気味悪いような感じで私はコーヒーの豆を眺めていた。豆をヤカンに入れ、火鉢にかけると、やがて、カラカラと悲しげな音を立てた。しかし、いくら煮ても、豆は柔かくならなかったし、湯に色はつかなかった。それでも、信仰に似た気持で私はその湯を飲んだが、もちろん、それで病気が癒りはしなかった。これが四十年前の私とコーヒーとの最初の接触である。何のつもりで医者がコーヒーの煎じ薬を勧めたのか明らかでないが、いずれにしろ、当時は、私の住む東京の日本橋でもコーヒーはかなり珍しいものであった。

*

この話は大正五年（一九一六年）の頃であったと思う。この年のコーヒー輸入高は約十九万斤（約九万円）で、この十万斤台というのは明治二十一年（一八八八年）から三十年間も動かなかったのである。ところが、第一次世界大戦が終ると同時に、コーヒー輸入高は鰻上りに増加し、昭和二年（一九二七年）には約二百万斤（約百二十万円）になり、第二次世界大戦前の最高は昭和十二年（一九三七年）で、約一千五百万斤（約六百六十三万円）になっている。戦後の数字のことは知らないが、今日のインスタント・コーヒーの氾濫から見ても、コーヒーの普及は大変なものであろうと想像される。

輸入高が鰻上りに増加して行く間に、私は中学、高等学校、大学と成長して行くにつれて完全なコーヒー中毒になってしまった。しかし、判りきったことだが、コーヒーは輸入せねばならない。戦争になったら、コーヒーはお仕舞（しまい）である。大きな声では言えないが、私が平和運動に熱心なのは、一部分、コーヒーが飲めなくなることへの恐怖から来ているのかも知れない。実際、昭和十二年をピークとしてコーヒーの輸入高が減り、やがて輸入がとまってしまってからの辛さは、終生、これを忘れることがないであろうと思う。

*

それだけに、昭和十七年（一九四二年）初め、陸軍徴員としてビルマへ連れて行かれた時、南方ならコーヒーが飲めるかも知れぬ、というのが、言ってみれば、ただ一つの慰（なぐさ）めであった。

これは間違っていなかった。ラングーンに着いて、シグナル・パゴダ・ロードの宿舎に入ると、一階に物置があって、そこにはコーヒーの缶詰が床から天井まで積んであった。コーヒーといっても、コーヒーにチコリとミルクとを混じたものであったが、そんなことは構わない。私は缶詰の山を見て、ただ我を忘れていた。

私は朝から晩までコーヒーを飲んだ。アルミ製のモーニング・カップで、朝飯の時に二杯、十時頃に一杯、昼飯の時に二杯、三時頃に一杯、夕飯の時に……。ラングーンへ連れて来られはしたものの、終始、私は何の用事もなかったので、結局、コーヒーを飲みにラングーンへ来たようなものであった。しかし、コーヒーをガブガブ飲むうちに、ビルマの暑さということも手伝って、胃腸が滅茶滅茶になったのであろう、到頭、赤痢（せきり）という診断を下されて、兵站（へいたん）病院へ放り込まれてしまった。

＊

コーヒーに浸っていたようなラングーンの生活の後であったために、日本へ帰ってからは一層辛かった。二ポンドや三ポンドは持ち帰ったが、それは右から左へ飲んでしまったし、どこの喫茶店へ行っても昆布茶しか飲ませてくれなかったし、南方から帰ったという人間はまめに訪ねて、見栄も外聞もなくコーヒーをねだってみたが、あまり収穫はなかった。要するに、あれは地獄であった。

そして、戦争は終った。それと同時に、横浜へ行けばコーヒーが飲める、という噂がどこからともなく流れて来た。私は直ぐ横浜へ出かけた。或る秋の日の夕方であった。横浜は一面の焼野原で、電灯もろくについていない。出会うのはアメリカ兵ばかりである。焼跡をさんざん歩き廻った末、私はみすぼらしい小屋の前に立った。「コーヒーあり」という看板が出ている。飲んでみると、薄く色がついて、少し苦味はあるが、香は全くない。店の男の説明では、アメリカ兵が捨てたダシガラをもう一遍煮たものだという。それを聞いているうちに、自分がコーヒーに飢えた犬のように思われて来た。一杯五円であった。

＊

横浜行の直後であったと思うが、私が住んでいた板橋の常盤台の酒屋――といっても、もちろん、酒はなかった――の店頭に、磨き砂のような紙袋が幾つか積まれて、「純正コーヒー」という紙が貼ってある。私は感激するよりも先に警戒態勢に入った。戦争中、「純正コーヒー」という触れ込みで大豆の粉末などを何度となく買わされた経験があるからである。取敢えず、欺されたと思って、七十銭か八十銭で一袋買って帰った。しかし、これは本物であった。少し油が浮いてはいたけれども、立派なコーヒーであった。酒屋へ駈けつけて紙袋の大半を買った。

その頃は、絶えず諸雑誌の編集者が拙宅へ現われていた。コーヒーが手に入って嬉しくて堪らない私は、編集者の顔さえ見ればコーヒーを勧めた。「三年ぶりです」などと言いながら、みんな非常に喜んでくれた。それが誰であったか、もう覚えていないが、或る日、二人の雑誌記者にコーヒーを勧め、二人が二杯ずつ飲んで帰ったことがあった。二人が帰ってから、しばらくして私は散歩に出た。常盤台の住宅地を歩き廻って、最後に東上線の武蔵常盤の駅の横に出て、そこから家へ帰ろうとしたところ、駅のホームのベンチにあの二人の雑誌記者が横たわっているではないか。私が慌てて駈けつけてみると、二人とも真赤な顔をしている。息が苦しくて、とても立ってはいられないという。二人とも何年ぶりかのコーヒーで、すっかり酔ってしまったのであった。

コーヒーと袴

永江朗

コーヒーブレイクが必要だ

コーヒーをいれていると、気分が落ち着く。豆を挽(ひ)き、お湯を沸(わ)かし、コーヒーカップを用意し、ゆっくりとお湯を注ぐ。この一連の動作が、ささくれ立った気分を鎮(しず)めてくれる。

私はフリーランス（国立国語研究所の「言い換え提案」によると、「自由契約」というのだそうだ）になったとき、やりたくない仕事は断る、やりたい仕事だけやる、と決めたのだけれども、やっぱり浮世の義理というのはあって、内心はいやいやながら、でも口では「喜んで！」といって引き受けてしまうこともある。そういう仕事ははかどらず、苛立(いらだ)ちもつのるのだけれども、そういうときはコーヒーをいれて飲むと気分が変わる。

建築現場の職人を見ていると、どんなに忙しくても、午前一〇時の休憩、一二時の食事、そしてふたたび午後三時の休憩と、きちんと休んでいるのがわかる。たぶん、休憩することで緊張をほぐし、気分を入れ替えるのだろう。働きっぱなしでは、かえって効率が落ちるし、注意力も低下して、事故やケガが増えてしまう。ライターだって、休憩は大事だ。ティータイム、お茶の時間、コーヒーブレイク、呼び方はいろいろだけど、これもまた先人の知恵ということか。

「本格的」なコーヒー？

ちゃんと豆を挽いてコーヒーをいれるようになったのは数年前のことだ。それまではインスタントコーヒーばかりだった。

そのもっと昔は豆を挽いてコーヒーをいれていた。どれくらい昔かというと、高校生のころだから、かれこれ三〇年も前のことだ。

高校生というのは、大人になりかけで、「本格的」という言葉に弱い（そのくせ、「正統派」なんていうのは大嫌い）。喫茶店で本格的なコーヒーの味を知り、同時に、「今まで飲んでいたインスタントコーヒーは、断じてコーヒーではない！」などと考えるようになる。それで、図書館でコーヒーのことを調べて、ドリッパー（ロト）、ミル（豆挽き）、サーバーなどを買いそろえ、ゴリゴリと豆を挽いてコーヒーをいれるようになった。

大学生になって東京で一人暮らしをはじめたときも、暖房器具よりコーヒーをいれる道具を先に買いそろえた。


サイホンとドリップ、どっちが美味い？


コーヒーのいれ方にもいろいろある。大きく分けると、ドリップ、サイホン、パーコレーターの三つ。

大学二年生の春、西荻窪の喫茶店でアルバイトをはじめた。この喫茶店は、客の注文を受けてから豆を挽き、サイホンで一杯ずついれるという流儀だった。ふつう、喫茶店のアルバイトというとフロアのウェイターから始めるのだろうが、この店は逆で、アルバイトがカウンターの中に入って客の前でコーヒーをいれ、オーナーがウェイターをやっていた。

サイホンを使ってコーヒーをいれる動作は、まるで儀式のようだ。まず豆を量り、電動ミルで挽く。フラスコにお湯を注ぎ、アルコールランプに火をつける。ロト（サイホンの上の部分）に豆を挽いた粉を入れる。フラスコのお湯が沸騰したら、ロトをセットする。フラスコのお湯がロトに上っていく。お湯が上がりきったら、ヘラでロトの中をかき回す。タイマーできっちり時間をはかり、アルコールランプの火を消す。

フラスコが冷えるとロトのコーヒーがフラスコに落ちる。ロトを外し、フラスコから客のカップに注いで、「お待たせしました。マンデリンでございます」と一言。

客が途切れた時間に、気になっていたことをマスターに質問した。サイホン式とドリップ式では、どちらが美味(うま)いのか。

マスターの答えは意外だった。ドリップでいれたほうが美味いというのだ。コーヒー豆を焙煎(ばいせん)するとき、油分や煤(すす)、豆のクズなどが付着する。サイホンだと、それらがみんなコーヒーのなかに入ってしまう。しかしドリップはドリッパーにお湯が残っているうちにサーバーから外すので、余計なものは入らない。しかもドリップでは、最初に豆を蒸らして旨味(うまみ)を出す。

ではなぜこの店ではサイホンを使うのかというと、誰がいれても同じ味になるからだとオーナーは言った。逆に言うと、ドリップはいれる人によって違う味になってしまう。そして、サイホンのほうがかっこいいから。たしかにアルコールランプの炎といい、フラスコからロトに上っていくお湯といい、たいへんロマンチックだ。もっとも、女性客は少なかったけど。

喫茶店のバイトは、ゼミが忙しくなって、わずか数か月でやめてしまった。しかし、コーヒーをいれて飲む習慣はずっと続いていた。

インスタントも美味い

それが途絶えたのは、一〇年ぐらい前だった。きっかけはインスタントコーヒー。お歳暮にインスタントコーヒーの詰め合わせをいただいた。コーヒー豆を切らしたときに飲んでみたら、これがびっくりするほど美味かった。もともと美味かったのか、それとも高校生の頃に「こんなのはコーヒーではない」と思ったときから格段の進歩を遂げたのか。たぶん後者だと思う。

忙しいのにわざわざドリップでいれるよりも、インスタントコーヒーでじゅうぶんじゃないか。カップに入れてお湯を注ぐだけでこんなにうまいコーヒーが飲めるなんて、本当にすごい。

しかし、ふたたびドリップに戻った。きっかけは、ある日の散歩だった。

散歩の途中でコーヒー豆屋を見つけた。しかも、麻袋に入っているのは炒ってない生の豆だ。注文を受けてからいちいち炒って売る店である。

初めて買ったとき、「挽き方はどうしますか」と聞かれた。「ミルは持ってるけど、挽くのが面倒だから、ペーパードリップ用に挽いてください」と答えた。すると店主の表情がにわかに曇り、「せっかく持ってるんだったら、ミルで挽いていれてみてくださいよ。絶対に味が違うから」と言った。ちょっと迷ったけど（そして、「おせっかいだなあ」とも思ったけど）、炒るだけで豆のままもらうことにした。といってもこの店では、注文してすぐは受け取れない。手回し式の小さな焙煎器を使っているので、冷ます時間も含めて三〇分以上はかかる。散歩の帰りにまた寄ることにした。

至福の儀式

炒りたての豆を挽いたときの感動が忘れられない。まず、袋の封を切ったときの香りが違う。ミルを回しているとその香りが部屋中に漂う。そしてドリッパーにいれてお湯を注いだときの驚愕。お湯を数滴垂らすと、豆が膨張するが、その膨れ方がこれまで見たことのない激しさだった。豆が新鮮だとよく膨れるのだ。味のほうも、香りが豊かでいやな刺激はまったくない。たちまちとりこになってしまった。

カップを選び、お湯を沸かし、豆を挽く。やかんのお湯をホーローのポットに移し、サーバーにドリッパーを載せる。ドリッパーにお湯を少し注いで、ドリッパーとサーバーを暖める。ペーパーフィルターの端を折って、ドリッパーに敷く。そこに挽いた豆を入れる。ドリッパーにお湯を数滴垂らし、蒸らしている間にサーバーのお湯をカップに移す。ドリッパーにお湯を少しずつ注ぎ、豆が膨らみきったら止め、豆が縮んだらまた注ぐ。この繰り返し。

一連の動作を無心で続けているうちに、さっきまでの苛立ちが消えていく。たぶん、型にはまったことの反復は、心を落ち着かせる効果があるのではないか。たとえばバロック音楽のように。

コーヒーを飲むころはもうリラックスしている。横にチョコレートの一かけらでもあれば最高だ。

袴は儀式である

儀式じみた一連の動作が気持ちを落ち着かせるという意味では、袴(はかま)も同じだ。袴には前後二本ずつ、合計四本の紐(ひも)がある。まず前の部分についた紐を、いちど背中に回してから前を通り、うしろで結ぶ。このとき、背中での交叉(こうさ)させ方、前での交叉させ方に、一応の決まりがある。前の紐を結び終わったら、腰板を背中に当て、腰板の中央からでているヘラを帯の背中のところに差し込む。それから紐を前で結ぶ。この結び方にも独特の決まりがある。

手順通りに紐を結んでいくうちに、気持ちが落ち着いていく。私は週に一回、茶の湯の稽古(けいこ)に通っているけれども、その前のざらついた気分が、着物に着替え、袴をつけているうちに、だんだん落ち着いていく。

呉服屋はなぜ女っぽい?

ところで、呉服屋の男性店員はどうして女っぽいのか。私は以前からこのことが気になって仕方なかった。和服を着ると女っぽくなるなんてことはない。たとえば時代劇に出てくる男たちはけっして女っぽくない。とくに捕物系ドラマの同心や岡っ引きなんて、みんな男っぽい。それなのに呉服店に勤めると動作が妙に女っぽくなるのはなぜか。

仮説一　客の影響。最近でこそ「男だって着物だ」という盛り上がりがあるけれども、やっぱり呉服店の客の圧倒的多数は女性である。常日ごろ、女性客を相手しているうちに、身振りが女っぽくなるのではないか。

しかし、女性客を相手にする男性は呉服屋の店員だけではない。婦人服店にだって男性店員はいるし、スーパーマーケットだって女性客の方が多い。八百屋や魚屋の客も女性のほうが多いだろう。しかし、八百屋や魚屋が女っぽくなるという話は聞いたことがない。したがって、仮説一は誤りである。

仮説二　着物そのものに原因があるのではないか。着物は足を広げにくい。意識的に股を割ってやらないと、着たままでは両膝がくっついたようになってしまう。とくに「きちんと」着ようとすると、両膝がくっついてしまう。これがナヨッとしたイメージにつながるのではないだろうか。そういえば時代劇の岡っ引きは、尻はしょりをしていることが多い。犯人（下手人？）を追いかけて走ったり、格闘するためには、着流しでは動きにくいのだろう。

袴でコーヒーはいかが？

私も着物を着流しで着ると（って言葉遊びみたいだけど）、どうも違和感がある。ほんとうは、着物は「きちんと」着るのではなく、ちょっと着崩れたぐらいがいいんだろうけど、着慣れないとそのへんの加減がわからない。

それが、袴をつけると、すっきりする。たぶん視覚的に上下で分断されるので、洋服の感覚に近くなるのかもしれないのと、袴によって下半身にボリュームが出るからだろう。

しかも、袴をつけると動きやすくなる。袴にはキュロットスカートのようになった馬乗りと、ただの筒型の行灯（あんどん）とがあるが（ほかにも水戸黄門がはいているような野袴などもある）、馬乗りが動きやすいのは当然としても、行灯でも下半身の動きがかなり自由になる。おそらく、裾（すそ）の乱れを気にせず、大股で歩いたりあぐらをかいたりできるからだろう。そういえば、剣道も弓道も合気道も、袴をつけるではないか。

ところが袴はいまひとつ普及していない。男性向けの和服入門書を見ても、着流しが中心で、袴をつけるのは礼服で出かけるところなど、ちょっと特別な場合というニュアンスが多い。しかし、むしろ日常的に袴をつけることで、和服への違和感は減るのではないか。呉服店の店員だって、袴をつければ、所作が変わるのではないか。

袴をつけてコーヒーをいれる。コスプレみたいだけど、気分転換には最高だ。

一杯のコーヒーから

向田邦子

「一杯のコーヒーから
　夢の花咲くこともある」
　子供の頃、洗濯をしながら母がよくこの歌を歌っているのを聞いた記憶があります。当時、うちでは紅茶はいいけれどもコーヒーは飲ませると夜中に騒ぐという理由で子供は飲ませてもらえませんでした。早く大人になって思いきりコーヒーというものを飲んでみたいと思っていました。
　会社の伝票でコーヒーが飲めるから出版社へつとめたわけでもありませんが、二十八歳の私は、雄鶏（おんどり）社という出版社で「映画ストーリー」を毎月つくっていました。主として外国映画のストーリーを紹介する雑誌です。入社して五、六年目だったと思います。

お恥ずかしいはなしですが、私は極めて厭きっぽい人間で、何でもはじめの三年ほどは面白いと思い熱中するのですが、すぐに退屈してしまうのです。この仕事もそうでした。世間様より一足お先に試写室でタダで映画が見られる。グラビアのネーム（記事）を書いたりサブ・タイトルをつけたりする。こまかい囲み記事を書き、乏しい英語の学力で辞書を引き引き海の向うのスターのゴシップ記事をでっちあげてページを埋める楽しみをひと通り味わってしまうと、あとは、広告取りから割りつけ、校正までを三、四人でやらねばならない中小出版の疲労が残りました。アメリカ映画やフランス映画の黄金時代が終り、本場のアメリカでも擡頭してきたテレビに押されてスタジオが売りに出されたりというニュースが飛び込んできたりしていました。つとめ先の景気もあまりよいとはいえず、部数はどんどん落ちてゆきます。結婚もせず、お金もなく会社の先行きもあまり明るくない――すべてに中途半端な気持で、その頃の私はスポーツに熱中することで憂さを晴らしていました。

冬のことです。

松竹本社の試写室で、毎日新聞の今戸公徳氏と一緒になりました。今戸氏は広告の担当でうちの編集部にもよく顔を出しておられました。

「クロちゃん、スキーにいかないの」

クロちゃんというのは私のあだ名です。夏は水泳、冬はスキー。白くなる暇がありりませんでした。いつも黒いセーターや手縫いの黒い服一枚で通していたことも理由かも知れません。

「ゆきたいけど、お小遣いがつづかない」「アルバイトをすればいいじゃないの」「でも社外原稿を書くとクビになるんですよ」

というようなやりとりのあと、このあと氏はお茶に誘って下さいました。松竹本社のそばにある新しく出来た喫茶店でした。

「テレビを書いてみない！」

雑誌の原稿は証拠が残るけど、テレビなら名前が出ても一瞬だから大丈夫だよ。よかったら、紹介してあげるといわれるのです。

時間が半端（はんぱ）だったせいか、明るい店内は、ほとんど客がいません。新製品なんでしょう、いやに分厚くて重たいプラスチックのコーヒーカップは、半透明の白地にオレンジ色の花が描いてありました。置くとき、ガチンと音がしました。コーヒーは、薄い、いまでいうアメリカンだったと思います。

テレビはちゃんと見たことがありませんでした。盛り場や電気屋の前でプロレスを人の頭越しにチラリと見た程度です。

「映画を沢山（たくさん）見ているから書けるよ」という今戸氏の言葉にはげまされて、新人作家でつくっている「Zプロ」の仲間に入れていただきました。週に一度、集って、日本テレビの「ダイヤル一一〇番」用のシノプシスを発表する。出来がいいと脚本にする——という段取りでした。

私は駅前のそば屋でこの番組を見せてもらい、スジをひとつつくりました。殺された男はたばこをすいかけであったが、マッチもライターも持っていない。火を貸した男が犯人じゃないか——というような——いま考えるとかなり他愛ないしろものですが、きっとほかになかったんでしょう。これを脚本にしてオン・エアすることになりました。と、いっても私は犯罪音痴兼位階勲等音痴で、部長刑事と刑事部長とどっちが偉いのか何度レクチャーを受けても忘れる始末なので、同じ仲間の先輩格服部氏が共作者として加わって下さいました。題名はたしか、「火を貸した男」。ディレクターは北川信氏であったと思います。原稿料は——八千円だったか一万二千円か、そのへんでした。オン・エアの次の日、出社して、バレはしなかったかと、かなりビクビクしていましたが大丈夫でした。人気番組と聞いていたけど、たいしたことはないなと思って、ちょっとガッカリした覚えがあります。

以来、お小遣いが欲しくなると、スジを考え、もってゆきました。スキーにゆきたい一心で、冬場になると沢山書くようになりました。いってみれば季節労働者です。この頃の台本は、最初の一本も含め、全く残っておりません。

よもやこの職業であと二十年も食べることになろうとは夢にも思っておりませんで

したから、オン・エアが終ると台本は捨てていました。日記もつけず、数字年号日付が全くダメときていますから、どんなものを何本書いたかも記憶にありません。

覚えているのは、あの日、プラスチックのカップで飲んだ薄いコーヒーの味ぐらいです。

あの時、今戸氏にご馳走（ちそう）にならなかったら、格別書くことが好きでもなかった私は、今頃、子供の大学入試に頭を抱える教育ママになっていたように思います。

歌の文句にある夢の花は、私の場合、まだまだ開いておりませんが、コーヒーの飲みすぎで夜型となり、夜中いつまでも起きていて騒ぐのが癖になりました。どうもあの歌がいけなかったようです。

年代は覚えていませんが、フラフープがはやっていました。「黄色いさくらんぼ」が街に流れていたような気がします。このすぐあと、皇太子が正田美智子さんと結婚されて我が家もテレビを買いました。安保は次の年でした。この頃の私の財産は健康と好奇心だけでありました。

コーヒー

佐野洋子

名曲喫茶のベートーベンも、ジャズ喫茶のＭＪＱも、音楽が好きでなかった私は喫茶店が好きでなかった。おまけに私は、コーヒーの味がわからなかった。知ったかぶりの友達が、コーヒーはブラックで飲むのが通(つう)だと言えば、コーヒーにミルクも砂糖も入れずに飲んだ。おいしいんだかまずいんだかわからないんだから、ブラックで飲んでも一向にかまわなかった。

インスタントコーヒーのない時代、コーヒーは高級な飲み物だったから、七十円の喫茶店のコーヒーは高いものだったかも知れない。コーヒーにも音楽にも一ぱしの通ぶっている友達に、音楽もコーヒーも好きでないと言うことは勇気のいることだった。それは田舎くさい野暮(やぼ)ったさだと思われることよりも、仲間から外されてしまう不安があった。

私は仲間外れにされる不安から、喫茶店に行っていたのかも知れない。喫茶店に行けば私はブラックコーヒーを飲んだ。いかなる音楽も私の耳に聞こえて来ず、私はただおしゃべりをしていた。私のおしゃべりの相手がいたということは、彼、あるいは彼女等は、本当は、口で論じるほど音楽を好きでなかったのではないか、と今でも私は思う。

時々友達の家に遊びに行くと、友達が、「今兄貴がね、コーヒーにこっているの、飲ませてくれるわよ」と言われると真底(しんそこ)困った。東大の大学院のいかにも秀才風の兄さんが、「これはキリマンジャロなんです」とうやうやしくコーヒーカップをはこんで来たりすると、「わぁおいしい、やっぱり全然味が違うわ」などと私はつい言ってしまい、自分が正直でないことに腹が立った。つい言ってしまったあと、「じゃあ今度はブルーマウンテンにしてみようか」などと言われると、私は「わあ、うれしい」と言ってしまう。

「兄さん、今日のすこし苦(にが)いわね」「ちょっと、細かくひきすぎたかなあ」などと兄妹仲よくやっているのを見ると私は、なんちゅう兄妹かとさえ思ってしまう。思いながら「あらとってもおいしいわ、コーヒーらしくて私好きよ」とミルクも砂糖も入れていないコーヒーを飲んでいる。そして、いつまでたってもコーヒーの味がわからなかった。

違う友達の家に行った。古いお屋敷で、薄暗いアトリエがあった。アトリエの中で、白髪の初老の人がチェロをひいていた。大きなキャンバスにフラ・アンジェリコの受胎告知の模写が半分くらい出来上がっていた。何ともいえず、不思議にあらゆるものが調和していた。

「あんたのお父さん有名な絵描きさんなの」私はたまげて聞いた。「あれ？　趣味だよ」「じゃ音楽家なの」「あれも趣味。おやじ生まれてから一度も働いたことないの、全部趣味で生きてるの」彼は父親を憎んでいるように笑った。

茶の間に行くと、お母さんがはた織り機でマフラーを織っていた。紫色と青色の美しい織物があった。「うぁ、いい趣味だなあ」「これは趣味ではないの、生活のため」友達がすかさず言った。初めて会うお母さんは私をジロッと見て「お前ら、何か食べたいか」とにこりともせずに言った。「お前食うか」と友達が言った。「食う」と私は言った。

お母さんは、おにぎりを三つ四つ入れたお皿を持って来て、「食いな」と言った。かぶりつくと中にチーズが入っていた。あとにもさきにもチーズ入りおにぎりというのは初めてだった。

「おふくろ、これはひどいよ、何でチーズなんだよ」「そうか、まずいか、まずいだろうなあ」しかし、私には友達が、そんな母親をものすごく愛しているような気がした。私も、おにぎりにチーズを入れてしまうような人が好きだった。私たちが笑っていると、アトリエからお父さんが出て来て、「コーヒーでも入れますか」と言った。白髪のお父さんは長いことかかって、古めかしいコーヒーカップにコーヒーを入れてくれて、「お砂糖はいくつ?」ときいた。「私何にもいらない」「いやうれしいね、コーヒー通だね、入れ甲斐(がい)があったね」と白髪の人が言った時、私はよかったと思った。

私は、一生働かないで趣味で絵を描き趣味でチェロをひいている白髪のお父さんが好きだった。おにぎりにチーズを入れて生活のためにマフラーを織っているお母さんが好きだった。チーズのおにぎりを作る奥さんと息子とその女友達のために入れてくれたコーヒーは、フラ・アンジェリコとバッハの世界につながっているようだった。私はそのコーヒーをおいしいと思った。コーヒーの味のわからない私の嘘を信じてくれたお父さんに嘘を言ったことを、私は後悔しなかった。

ピッツ・バーグの美人—本場「アメリカン・コーヒー」の分量

草森紳一

ある家へ遊びに行った時、風呂に入れというので、ハイと素直にバスへ出かけたのだが、いざ覗（のぞ）いてみて驚いたのは、浴槽の上端すれすれまでに水が張ってあったからである。

からだを湯船に沈めると、水があふれでることはあきらかだったが、しかたがないので、入ることにした。ただ片足をつっこんだだけで、もうジャーッジャーッと水がふきこぼれたが、えい、ままよと、全身を沈めると、もう耳をふさぎたくなるような轟音をたてて、溢れ流れた。

しかし、意外と気持ちがよかった。ここのうちの趣味なんだなあ、と思った。熱い日本茶を飲む時、いつも私は風呂に入った時のあの全身を犯してくるウーッという感じを想いだすのだが、この時はなぜか、アメリカのピッツ・バーグで飲んだコーヒーのことを想いだしていた。

単純な連想である。コーヒーが大きなカップに、なみなみとはいっていたからである。もちあげる手がすこしでも震えたりすると、溢れてこぼれそうだったが、そこにはやはり注ぐ人の手練のわざが働いているらしく、不器用な私の手つきにも、かろうじて耐えて、いや安全百パーセントに「大丈夫」だったのである。おいしかった。

アメリカでは、どこで飲んでもそうであったのだが、ピッツ・バーグのコーヒー店がまっさきに浮んだのは、カウンターに美人の客がひとりで座って飲んでいたからである。

めぐりあわせというものがあるのか、アメリカを旅行中、ニューヨークでもロスアンゼルスでもワシントンでも、シカゴでもアリゾナでも、美人にひとりとして逢わなかった。

出逢ったところで、どうということはないのだが、旅の仲間も「アメリカにはブスしかいないのかな」とぼやいていたから、私だけの好みのせいではないらしい。ところがピッツ・バーグへやって来ると、街を歩いているだけでも目の応接にいとまがないほど、そこは美人の洪水だったのである。そして、美人に目疲れして一休みにはいった店に、その日随一の美人が、ひとり静かにコーヒーを飲んでいたわけで、またまた目疲れも、ふっ飛んでしまった。

美人の効用、かくも偉大なり、というわけだが、実際は、彼女も大カップすれすれになみなみと注がれたコーヒーをぐいぐいと力強く、だが静かに飲んでいたのだ、と考えるとすこし不気味な感じも、今ではする。ピッツ・バーグは、北欧系の移民の作った町で、もともと美人が多いところだそうである。

さて、このなみなみと注ぐアメリカ式の飲み方、飲ませかたは、日本ではあまりみかけない。喫茶店などで、薄いコーヒーを「アメリカン、アメリカン」と言いならわしているようだが、その量はというと、小さなカップに八分目なのである。

日本のバス桶などには、「ここまで水をおいれください」の表示があるが、あれも日本の喫茶店のコーヒーと同じように八分目なのではないか。もちろん、お風呂の場合、人間がはいって量が増えることが計算されている。

八分目の美学は、ほどほどの美学である。あたりさわりがない。腹八分目などというが、あれは日本人の生活の知恵に属する適量の感覚である。日本の伝統的な茶などは、四分五分、時には二分の美学ではなかろうか。抹茶など口元にもってきても、なかなか茶が落ちてこないスリルがあり、不安がたかまったころ、おくればせにズルズルと舌に侵入してくる。思いきって顔に茶碗をぶつけるようにして飲むのが、かえってよい茶の作法である傾向もある。二分目では、ケチなようだが、案外、いさぎよさの美学である。

おそらくアメリカ人のコーヒーの飲みかたは、「物惜しみしない」精神からきているのだろう。物質文明の王者らしい飲み方である。紅茶などでも、本場のセイロンで飲んだ時は、もうなみなみとカップに注がれていた。物があるところは、どうしても「物惜しみ」しなくなるのだろう。

しばしば日本列島は水飢饉になる。制限の処置がとられる。そんな時、私はピッツ・バーグで飲んだコーヒーを想いださせてくれた家のお風呂は、どうしているんだろうな、と心配になる。

そしてまたエスプレッソのこと

よしもとばなな

十二月、仕事で久しぶりにナポリやカプリに行った。

南の、海があるあたりはイタリアの中でも私が最も好きでしょうがない地域だ。もちろんすばらしい旅だったし、ナポリの美しい夜景と共に、宝石のように輝くエピソードはいくつもよみがえってくる。

親友の陽子ちゃんとホテルのロビーで久々に再会して、抱き合った時の髪の毛の懐かしい匂いとか、夫が着いた夜の空港にこれまた親友のジョルジョとタクシーを飛ばして迎えに行ったこと。カプリの空は抜けるように青くて、宮崎駿(はやお)の映画みたいに白いカモメが上昇気流に乗りながら、天高く舞っていたこと。スパッカ・ナポリで夕暮れのにぎわいの中、クリスマスの飾りの店をひやかしながらゆっくりと観光していたら、いっしょに対談会をやった大上先生が急に道から出てきて秘書の慶子さんとなぜかおかしくてしかたなくなり、大笑いしたこと……。

しかしなぜか、一番印象的な思い出として残っているのは、ナポリの前にちょっとだけ滞在して仕事をこなしたローマのことなのだ。なんで？　と私が聞きたいくらいだけれど、これればかりはしょうがない。

しかもその思い出の中心にあるのは、パンテオンの近くの店のエスプレッソとカプチーノの味なのだ。

そのお店の名前は日本語だと「金の茶碗」。ジョルジョに教わってはじめてその店に行った時、そこには歴史のある特別な店にだけある、きりっとした緊張感が流れていた。店の人たちがみんな自分の店に誇りを持っているという雰囲気だ。そしてきびきびと口数少なく働くおじさんたちがいた。全体が清潔で無駄がなく、飾り付けは上品で重厚だった。おじさんたちは次々にカップを並べ、機械のように正確にエスプレッソやカプチーノをいれまくっていた。カウンターにお客は常に満員で、がんばってわりこまないと砂糖も入れられないくらい、いつでも活気にあふれていた。

そこのエスプレッソは考えられないくらいおいしかった。生まれてからあれほどおいしいエスプレッソを飲んだことはない。驚いてジョルジョに聞くと「豆が特別なんだと思う」と言った。こくがあって、苦(にが)みも充分あるのになぜか甘く、ココアのように濃厚なのに、さっぱりしていた。そしてなんだかおいしい食事を食べた後のような充実感が残るのだ。「これはおいしいね！」「おいしいでしょう」「おいしいおいしい」私たちはばかみたいにそんなことばかり言い合った。エスプレッソは一日のいろいろな時間に一瞬の句読点をうつためにだけある。立ち飲みでさっと飲んで、また街へ出かけていく。あんな味だったら心はそのつどほっと満足して、そのあとできりっと切り替わるだろう。

イタリアでは朝エスプレッソを飲むことはないので、それから毎朝私と慶子さんはホテルからさほど遠くないその店に歩いて通い、カプチーノを頼んだ。

そのカプチーノの泡の立ち方といったら、これもまた芸術的だった。かたくて目が細かい、まるでクリームのような白い泡がかすかにコーヒーの上にのっているのだが、それが熱いコーヒーと混じり合うと、何か特別な飲み物に変わってしまうのだ。それは普段知っている、うずたかく大きな泡がふわふわとのっているちょっと冷めた飲み物と、全然違うものだった。何のためにコーヒーの上に泡立てたミルクなんかをのせるのか、その意味がはじめてわかるという感じがした。なめらかで、まろやかで、コーヒーとミルクがきっちりと一体化するのだ。

「カプチーノもおいしいね」「おいしいですね」「本当においしいね」ばかみたいにまた私たちは言い合った。

夫が来る前だったのでローマで私は一人部屋だった。

その小さなホテルはもと修道院で、静かでとても居心地がよかった。壁が真っ白で天井の高い私の部屋には小さいテラスがついていて、時差ぼけで朝の八時に目が覚めていた私は毎朝そのテラスに出て、そこにある植物たちを眺めた。息が白く、顔が冷たくなったけれど「朝の空気は新鮮なもので、一日のはじまりにはこの空気を吸わなくては」という気持ちを久しぶりに味わった。雨上がりの歩道が濡れて光っていた。テラスの反対側に回ると、教会が見えた。古代の遺跡の上に建てられた、小さな教会だった。教会の前の小さな広場にはベルニーニという有名な彫刻家が作った小さい象の像があって、その前をたくさんの人が行き交っていた。通勤する人たち、朝のお祈りをするために立ち寄る人たち、神父さんや尼さんも歩いていた。

そしてあの店のことを思うたびに、私の中にはコーヒーの味だけではなくて、テラスで教会を眺めていた時の感じ……少し寂しいような、充実しているような、一日のはじまりの感じや、新鮮な朝の冷たい空気までもがいっしょによみがえってくるのだ。

珈琲

塚本邦雄

無頼にて眞夏も熱き珈琲をこのめりき　孤り雪谿に果つ　『裝飭樂句（カデンツァ）』

ことコーヒーに関して、日本ほどうるさい国はまずあるまい。不用意にコーヒー談義を始めると、必ず、われこそはとみずから任じている「珈琲通（つう）」のお歴々が、横からしきりに口を挟み蒙（もう）を啓（ひら）き、ついに弁者は口をつぐむことになるのが通例だ。お歴々の珈琲信仰は、往々にして珈琲道とも言うべき、神聖不可侵の次元に達しているのも、揆を一にしており、敬して遠ざかっていたい。

　私もまたコーヒー愛好にかけては人後に落ちない。もっとも、いたって気儘（きまま）な、至極無責任なコーヒー・ファンで、煎茶も紅茶も蕎麦茶も同時に、時に応じて楽しむ。コーヒーも、さして神経質に選り好みはしない。結果的にうまければよいのだから、わが家で、その日その日の雰囲気に従っていれるコーヒーが一番楽しい。喫茶店のコーヒーは、必要に迫られない限り「敬遠」する。理由は二つあって、一つは、隣りで煙草を吸われると、たちまち、コーヒーの香りが汚れてしまうこと。かつまた、その愛煙家が、喫茶店には、必要悪のようについてまわること。

いま一つは、特に念入りに、珈琲道的信念を堅持して、コーヒーを出す喫茶店に限って、ほとんどが横柄、傲慢、「飲ませてやる」式のところだということ。コーヒーに限ったことではないが、この種の店にはまた例外なく「常連」が一隅に陣取って、主人に、何となく媚びるような態度で、新顔の客を見下しているものだ。いきおい、あんな店に誰が行くものかと思わざるを得ない。

私はむやみに「エスプレッソ」が好きである。妻もまた、なかなかのエスプレッソ党で、一年おきくらいにイタリア遊行を試みるのも、実のところは、気障な言い方をするなら、エスプレッソを飲みに行くのだ。

私はイタリアに詳しいわけではない。四度ばかり、それぞれ半月前後をかの地で過したに過ぎぬ。北はミラノ、南はマテーラ、東はアルベロベッロ、西はパレルモあたりを限りとして、コモも未踏、レッチェもタラントも知らず、コルシカやサルデーニャにも渡っていない。だが、そのマテーラやアルベロベッロ、あるいはシチリアのシラクーザやアグリジェント、ウンブリア地方のペルージアやアッシジで飲むエスプレッソのうまさは形容を絶する。それも別に「喫茶店(キャフェ)」などではなくて、客が十人も入ったら満員の「バール」で、砂糖散乱するカウンターの上へ、無造作におかれるエスプレッソが、例外なくうまい。

　専用のカップは、唇が切れそうな薄い縁(ふち)で、コーヒーは舌を焼くくらい熱い。粉砂糖をたっぷり沈めて、おもむろに啜(すす)りこむ時の、法悦に似た味わい。容量はデミタスの三分の二程度だから、三口啜りこめば終る。

　塔の町サン・ジミニャーノの裏通りの、薄暗いバールに入って、ああ、とんだところに来たと思いながら、肥った女主人にエスプレッソを注文した。出されたそれの飛びっきりのうまさに、思わず「ベーネ！」と感嘆の詞を洩らしたら、異邦人に歓ばれたのを喜び、菓子(ドルチェ)をおまけに出してくれた。

　どこへ行っても、大体邦貨換算百円前後、ただし、ピサの斜塔前のような特殊な地点では百五十円くらい取られる。ともかく、当り外れの少いのにも驚くが、その外れが、決って空港内のバールであることも妙だ。ローマでもミラノでも、イタリアとの別れを惜しむつもりで、最後の一杯を注文して、そのぬるさと薄さに、吐き出したい思いをした。

　エスプレッソは、フランスでもスペインでもポルトガルでも飲める。だが味は、イタリアとはかなり開きがある。フランスのそれはほとんど論外で、イタリアのエスプレッソに三割方水増しした感あり。スペインのは、北はサンティアゴ・デ・コンポステーラから、南はパルマ・デ・マジョルカまで、各地で機会ある毎に試みたが、当ったところは、イタリアの平均点を百とすれば九十五か六、外れたところは八十点くらいか。ポルトガルでも、リスボンやコインブラで験してみたが、大体八十点内外。それに、西・葡共に総じてぬるい。カップを温めておくという配慮と手続きを欠いているようだ。

日本の、イタリア料理店や喫茶店のエスプレッソは、一番うまいところで八十五点、下になるとフランス並の六十点以下。私の頻々と赴く北新地のイタリア料理店「トリトーネ」の主人は、石灰分を含まぬ日本の水は、エスプレッソ向きではないと教えてくれた。

私はフィレンツェ製蒸溜式の簡素なエスプレッソ・メーカーで、しょっちゅう、家庭エスプレッソを楽しんでいる。これで八十五点以上の味は保てる。何も銀座の「ランブル」で、あの恐るべき、砂糖抜きの「ランブレッソ」を、恩着せがましく、飲ませていただく必要など、さらさらない。

ラム入りコーヒーとおでん

村上春樹

個人的な所見を述べるなら、冬になると美味(うま)いのはなんといっても鍋ものとラム入りコーヒーである。もちろん鍋ものとラム入りコーヒーを一緒に食べるとうまいと言っているわけではなく、それぞれべつべつにおいしいということです。ラム入りコーヒーを飲みながらおでんを食べたってそんなのおいしいわけない。

僕はこの二年ばかりかけてジョン・アーヴィング『熊を放つ（Setting Free The Bears）』というやたらと長い小説を訳していたのだが、その中にラム入りコーヒーの話がよく出てくる。これはウィーンを舞台にした小説で、主人公たちがよく街角のカフェに入って「ラム入りコーヒー」を注文するわけである。そういうのを読んでいると僕もすごくラム入りコーヒーが飲みたくなるのだが、残念ながら日本で美味いラム入りコーヒーが飲める店というのはあまりない。メニューに「ラム入りコーヒー」とあっても、あまり数が出るとも思えないし、従ってラム酒も相当古いんじゃないかと疑いたくなってしまう。それから日本で飲むラム入りコーヒーには、なんというか音楽で言うところのソノリティーのようなものが欠如しているような気がしてならない。つまり「ラム入りコーヒーかくあるべし」というコンセンサス風の響きがうまく伝わってこないのである。

それに比べると――こういうモノの言い方はなんかもう冷や汗が出ちゃうんだけど――冬のオーストリアとかドイツとかで飲むラム入りコーヒーはすごくおいしい。なにしろあの辺は東京なんかに比べると圧倒的に底冷えするから、ダウン・ジャケットに手袋にマフラーと完全装備でたちむかってもすぐに「うー、さぶさぶ」という感じになって、カフェにとびこんで温かいものを飲みたくなってしまう。カフェのガラスというのはだいたい暖房のせいで白くくもっていて、外から見ると本当に暖かくて居心地良さそうに見えてしまうのである。そういうところにとびこんで注文するのはやはり「ラム入りコーヒー」がいちばんである。ドイツ語ではたしか「カフェ・ミット・ルム」だったと思うけれど、間違っていたらすみません。

熱い熱いコーヒーの上に大盛りの白いクリームがのっていて、ラムの香りがツーンと鼻をつく。そしてクリームとコーヒーとラムの香りが一体となってある種の焦げくささのようなものを形成するわけだ。これはなかなかのものである。そして確実に体が暖まる。

そんなわけで、僕はドイツとオーストリアにいるあいだ来る日も来る日もずっとラム入りコーヒーばかり飲んでいた。屋台でカリー・ヴルスト（カレー風味ソーセージ）をかじり、カフェに入ってはラム入りコーヒーを飲むというパターンである。やたら寒くはあったけれど、それなりに幸せな一カ月であった。人っ子ひとりいない底冷えのするフランクフルトの動物園でガタガタと震えながら飲むラム入りコーヒーの味はまた格別で、今でもわりにはっきりと覚えている。

日本にはラム入りコーヒーはないけれど、そのかわり「おでん」がある。ラム入りコーヒーも良いけれど、おでんも悪くない。昼間ウィーンでラム入りコーヒーを飲んで夜は東京でおでんを食べていられると言うことないなあなどと馬鹿なことを考えたりもする今日この頃である。

私ごとで申しわけないのだが——といってもこのコラムの内容は徹頭徹尾私ごとなんだけど——僕のつれあいはおでんという存在を深く強く憎んでいて、従って僕のためにはまずおでんを作ってくれない。彼女がおでんを憎むのは少女時代に大根とちくわぶに電車でいたずらをされたから——というのはまったくの嘘で（あたり前だ）、ただ単に嫌（きら）いなだけである。そんなわけで僕はだいたいいつも家の外で一人でおでんを食べる。

中年の男が一人でおでんを食べる姿はシックとは言えないにせよ、それほどみっともないものではない。二十代の頃には一人でおでん屋に入って酒を飲むというのは今ひとつしっくりとこなかったのだが、三十を過ぎてからはごく普通にできるようになった。映画を観たあとでちょっと一人で飯でも食うかというときには僕はだいたいおでん屋のカウンターに座ることにしている。寿司屋だと「本日のネタと対決する」という一種の緊迫感があるが、おでん屋というのは原則的に本日のネタも何もないから気が楽であるし、だいいち安い。一人でぼんやりと考えごとをしながら酒を飲むのはおでん屋がいちばんである。

ただ僕はいつも思うのだけれど、世間にはおでんの正統な食べ方というのは存在するのだろうか？　たとえば寿司屋で最初からトロをつづけてふたつも食べるのが不粋であるように、最初から玉子を二個つづけちゃいけないとか、ちくわとはんぺんのあいだには昆布をはさむのが常識だとか、ロールキャベツのあとは豆腐で後味を消すのが通だとか、そういういわゆる「おでん道」のようなものがあるのだろうか？　それともロールキャベツなんかはもともと通は食べちゃいけないのだろうか？　よくわからない。少なくとも親は正しいおでんの食べ方というようなことについては何も教えてくれなかった。

安西水丸さんはそういうことにはわりにシビアな人だから、一緒におでんを食べに行ったりしたあとで「村上くんってなんのかんの言うわりにおでんの食べ方が雑なんだよね。コンニャクのあとでギンナン食べたりするんだよ」なんて言われそうで怖いです。

僕は海老芋(えびいも)を入れたおでんが大好きなのだけど、東京ではまずお目にかかれない。屋台のおでん屋では江の島の橋の入り口にいくつか並んでいるのが貝なんかがいっぱいはいっててけっこうおいしいです。藤沢に住んでいる頃は昼ごはん時によく江の島まで散歩して食べていた。

トルコ・コーヒー

團伊玖磨

食後に、妙な真鍮（しんちゅう）の筒を股間（こかん）に挟んでがりがりと把手（とって）を廻（まわ）している僕を見て、いつも遊びに来る薹（とう）の立った青年が口を出した。

「何すか、それは」

答えの前に僕が異（ちが）う事に干渉した。

「君はね、いつも何かを訊（き）く時に、何すか、何すかと言う口癖があるが、良くない癖だ。何ですか、と言えないかね」

「そうすか」

「ほれ、その場合も、そうですか、と言う方が良いと思うよ」

「そうすか、――では無い、そうですか」

「そうですよ、気になり出すと、妙に耳障りになって、苛々（いらいら）してしまう」

「気を付けます。さて、そのがりがりは何ですか」

「コーヒーの豆挽き」

「ほう」

「君にね、美味しいトルコ・コーヒーを飲んで貰おうと思って」

「ほう、トルコ・コーヒーね」

「うん、ウィーンに永く行っている従姉の子の七子、知っているだろう」

「え丶、この前ウィーンで逢って来ました。ウィーンでピアノを弾いている――」

「うん、七子が手紙を添えてこの正月に送って呉れたんだよ、これでがりがり気長に豆を挽いて美味しいトルコ・コーヒーを召し上がれ、伊玖磨先生、本格的なトルコ・コーヒーは香りが良いわよ、だって」

「ふうん、仲々やりますね、あの娘」

「ウィーンにはトルコ人やアラブ人が多いから、こんな古風な道具も売っているんだろうね、七子もすっかり虜になったらしい」

「トルコ人のですか」

「いやいや、トルコ・コーヒーの」

「そうすか、おっとそうじゃ無い、そうですか」

「そう、それでね、試してみると、これはこれはの杜鵑、まさに芳香馥郁、鳥哢聲聲管絃に入ると来たもんだ」

「へえ」

「それでこのがりがりが食後の習慣になって一箇月、丁度そこへ君が来た訳だよ」

「道理で年末に伺った時には有りませんでした」

「そう、今年になってからの習慣」

　色々なコーヒーの淹れ方、楽しみ方がある。この節随分と質が良くなったインスタント・コーヒーから、ドリップ式、サイフォン式、そしてエスプレッソ・システム等々。拘らずに、有る物は須く全て楽しめとばかり、家では時に応じて種々の淹れ方をする。落ち着いて稍々大袈裟に楽しむ場合には、苦労してローマのカサ・ディ・アルミナムで手に入れてぶら下げて来たエスプレッソの機械を使う。湯沸かしのタンクから把手の圧で熱湯を噴出させてコーヒー粉を濾過するシステムの物である。エスプレッソには一人用、二、三人用の簡便なポット式のものもあって、この方は、火に掛けたポットの中の湯が沸くと自動的にコーヒーの粉の中を湯が通ってエスプレッソが噴出する式の物である。

　トルコ・コーヒーは本場のトルコ圏、アラブ圏の国々でその素晴らしさを知り、トルコ・コーヒー用の把手付きの銅製のポットも買って来たのだが、問題は粉だった。

エスプレッソもそうなのだが、市販のコーヒー粉では、挽きが粗過ぎるためもあって、上手く淹れる事が出来無かった。エスプレッソの方は、この頃は探せばあるし、家では、ローマの親友、ソプラノの松本美和子さんに頼んで送って貰うクレオパトラ印のTazza D'oro という粉を使っている。七子の送って呉れたトルコ・コーヒー用の豆挽き道具は、武骨な真鍮の筒で、三段に分れ、上の段を外して豆を入れ、胡椒挽きのように把手をがりがり廻すと、中段に仕込まれた歯車で豆が挽けて、細かい粉が下の段に溜まる仕組みになっている。粉はふわふわする程細かい。この粉を中匙二杯、砂糖も中匙二杯、そして小型のコーヒー・カップ二杯分の水を差して火に掛ける。暫くするとぐつぐつ煮えたコーヒーがポットの口迄上がって来る。その儘にしていると溢れるから火から下ろす、コーヒーは下がる、又火に掛ける、又上がる、又下ろす、更にもう一度火に掛けて、三度目にコーヒーが上がって来た時がトルコ・コーヒーの出来上がりである。

僕は現象と同調して行っていた説明を終えて、出来上がった濃いコーヒーを青年へのカップに注いだ。

「下の方には砂糖とコーヒーが沈んでいるから、搔き回さないで上澄みをそっと飲む」

「良い香りすね、素晴らしいすね」

青年の口癖は聞き過ごす事にして、僕は満足した。

十年も前の事だった。インスタント・コーヒーの宣伝に出て欲しいとの申し込みを受けた。何でも「ちがいがわかる男」とか言うキャッチ・フレーズで、インスタントのコーヒーを飲んでいる姿を写真とヴィデオに撮るのだと言う。貧乏な作曲家にとっては目の玉の飛び出るような礼金も約束されていた。然し、コーヒーには色々な淹れ方があって、その色々な淹れ方を楽しんでいる男が、ちがいがわかる等と言ってはインスタント・コーヒーのメーカーや販売元に悪かろうと考えた。そして、この話しはお断りした。あとでお金が必要だった時、あの時の宣伝を引き受けていたならとの思いがちらちらと脳裡を横切りはしたが、嘘を吐く訳には行かなかったのだから致し方無い。

トルコ・コーヒーの香りの中で、ふと、急に昔の事を思い出した。そして、矢張り嘘を吐かなくて良かったと思った。

薹の立った青年は、トルコ・コーヒーは良いすね、何とも香りが良いすね、又数日中にお邪魔します、今度は、何すか、そうすか、と言わないように口癖を直して来ます、と言って帰って行った。

僕は、この男の口癖はもう直るまいと思いながら、口の中で、そうすか、と小さく呟（つぶや）いてみて、首を竦（すく）めた。

コーヒー

外山滋比古

このごろ喫茶店のコーヒーが急においしくなったような気がする。どうしてなのかわからないが、わけはわからなくても、うまいものはうまい。

コーヒーは好きだが、どこそこのブレンドでなくっちゃというような趣味はない。普通の店のコーヒーがうまければそれがいちばんありがたい。以前のように女の子がコーヒーをこぼしてきたり、ミルクをほうり込むといった乱暴なサービスもいくらかすくなくなった。

学会で名古屋へ行き、会場の大学の近くのスナックみたいなところでひと休みした。やはりコーヒーが飲みたい。安いからインスタント・コーヒーでもやむを得ないと思っていると、それが、びっくりするほどおいしい。おかげで眠気がいっぺんに覚めた。コーヒー通（つう）の学生が出入りするのだろう。

日本橋の丸善の帰りに、近くの喫茶店でコロンビアをふんぱつしたら、ワゴン・サービスとでもいうのか、台車をもって来て、目の前でいれて見せた。しかし、これはどうもすこしものものしい。

コーヒーをジェリーで固めて冷やし、上から厚くクリームをかけたコーヒー・ゼリーもわるくない。アイスクリームよりさっぱりしていて初夏向きである。うちの近所にもうまいコーヒーを飲ませるところができたが、まさかコーヒー・ゼリーなどがあろうとは思ってもみなかった。ところがある日、坐ろうとする隣のテーブルで食べているではないか。さっそく注文しようとするが通じない。無作法を勘弁してもらい、指さしたら、コーヒー冷菓だという。何でもよい。それをもって来てくれ給え。

うまい、珍しい、と喜んでいたが、思うにこれは子供向きのお菓子かもしれない。男たるものがうつつを抜かしてはこけんにかかわる。そういう疑惑がおこった。そこでためしに友人の国文学者にごちそうしてみると、彼はたちまちとりこになったらしく、家でもさっそくつくったという。快男子の彼にしてそうであればもう安心だ。いくらでもたべよう。

某日、手伝ってくれた学生をつれてこの店へ入った。六月とは思えないほど暑い日で、学生はアイスコーヒーだという。私はホットにする。アイスコーヒーはどうもコーヒーのような気がしない。ところが、ここではどうだろう。まずカラのコップに氷だけを入れてもって来る。そのあと熱いコーヒーをもってきて、それへ注いだから、目を見張った。氷をつたって熱いコーヒーが湯気をたてて流れる。澄んだ琥珀(こはく)色の液体がガラスと氷の反射光に映えて美しい。見ているだけで口がぬれて来た。まさに真夏の清涼感である。こんどはあのアイスコーヒーをためしてみようと思いながら、それからはまだそれほどの暑い日がやってこない。

三時間の味

黒井千次

かつて一時期、ダッチ珈琲と呼ばれるものが流行った記憶がある。流行ったといっても、家庭にまで普及したわけではない。街の限られた喫茶店や珈琲専門店などにそれが多く出現し、話題になった程度の話である。

もちろん、今でもその種の珈琲の飲める店を探し出すのに、さほどの苦労は必要あるまい。ただ、以前ほどには人々の口にのぼらなくなっただけのことだろう。要するにダッチ珈琲とは、熱を加えずに水でいれた珈琲の呼び名である。

当時は、幾段かに区切られたようなガラスの丈高い容器がこれみよがしにあちこちの店の一角に据えられ、一番下の器に褐色の液体がぼんやりと溜(たま)っているのをよく眼にした。

なんとなく投げやりで、そのくせ大仰(おおぎょう)な感じの仕掛けに反撥を覚え、熱くも冷たくもない珈琲が美味しいものかね、と疑ってあまり興味を覚えなかった。

時には、幼児の丈ほどもありそうなその容器が空のまま乾いていたりした。すると、油の涸れた油田のヤグラにでも向き合ったようで、なんとも興醒めの感を抱いたものだった。

店にはいって珈琲を飲む際には、カウンターの向うで細やかな心くばりを見せながら、珈琲の豆をはかったり挽いたり、熱湯をそろそろと注いだりする様を眺めるのも、一つの楽しみである。

しかしダッチ珈琲の場合には、気長に水の滴り落ちる大きな容器が店の隅に放置されたまま、お前はそこで勝手にやっていろ、とでもいうかのように店の誰からもなおざりにされているのが気に入らなかった。物珍しさに誘われて一度か二度は飲んでみた筈なのに、どんな味であったかも忘れてしまっている。

ところが先日、水出しコーヒーのポットなるものを、仕事の関係先から頂戴した。「家庭で手軽に本格的なダッチコーヒーをアイスでもホットでも……」とその説明書きに記されている。としたら、ダッチ珈琲とは珈琲豆を挽いた粉から珈琲の液を作るための方法上の区分に過ぎず、ホットで飲むかアイスで飲むかはまた別問題となる。水でいれた珈琲というだけで、水温で飲むものと頭から決めていたのは早とちりだったのか。以前に店で飲んだ折、それが熱かったか冷たかったかを思い出そうとしたが、記憶はぼやけてはっきりしない。

いずれにしても、折角与えられたチャンスなのだから、この際じっくりとダッチ珈琲につき合ってみよう、と考えた。

忙しい時期だったので、早速家人を買物に走らせた。水でいれる珈琲に適した焙煎（ばいせん）の豆を求めるように、とくれぐれも念を押した。

豆は自分で挽くつもりだったが、気の早い家人は店で細挽きにしたものを持ち帰った。

なにはともあれ、下が網になった円筒形のドリッパーに粉をはかっていれ、水を少し注いで全体を湿らせる。そのドリッパーを下のガラス容器の口にかけると、底から七センチくらいの位置にフィルターの網がとまる。

さて、上の水をいれる容器だが、こちらはプラスチック製であり、下のガラス器よりやや丈が短い。上から滴り落ちる水がドリッパーの珈琲の粉を通して下に溜る筈なのだから、上部の容器はどこかに穴があいていなければならぬのに、円形の底部に小さな出っぱりは認められるものの、それらしい穴はみつからない。これでどうして水が落ちるのだろう、と戸惑いつつも、とにかく器に水を注いでみた。

と、驚いたことに、穴などあるとも見えない底の中心部から、たちまち水滴が湧くように落ち始めた。肉眼ではほとんどわからぬ微小な穴が、中央の出っぱりにあけられているに違いない。

ドリッパーを間にして上下の器を重ねると、水滴はしきりに珈琲の粉に滴り落ち、やがてドリッパーの下部から褐色の液体がゆっくりと下のガラス容器に落下を開始した。

上の水滴より、粉を通過した珈琲の滴の方が形もやや大きく、動きもゆっくりしている。まるで静脈に射す点滴のようだ、としばらくは二種の液体の動きに眼を奪われた。

上部の水滴は早く落ち、下部の珈琲液はゆっくり落下するというその時差のある眺めは、まことに納得出来るものだった。つまり、両者の差の部分こそが、豆の粉から珈琲のエッセンスを抽き出す作業に費されている感じなのである。

こころみにストップウォッチを持ち出し、二種の液体の落下のピッチをはかってみた。水は一分間に八十四滴落ちるのに対し、ドリッパーを通過した珈琲の液は二十六滴しか生じない。

それにしても、気の長い話である。いつになったら上部の水がすべて下部の珈琲に変身するのか、計算も出来ない。仕方がないので諦めて、仕事に戻った。こちらが一生懸命働いていれば、珈琲もそれに応えて溜ってくれることだろう……。

一時間も経ったろうか。もう水は半分近く減ったか、と期待してキッチンに行くと、なんと三分の一も落ちてはいない。なぜか、水滴の落下が停ってしまっている。

慌(あわ)てて上の容器を持ち上げた瞬間、眠りから醒めたようにまた点滴が始まった。こちらが働いている間に、敵は惰眠をむさぼっていたわけである。使用する前に、必ず水の容器を柔らかいスポンジを用いて中性洗剤で洗うように、と説明書きにあったのだが、最初だからいいだろう、と水洗いで済ませたのがいけなかったのかもしれない。それほど微細な穴なのである。

三時間近くもかけて、ようやく水はすべて珈琲に変じた。なにはともあれ、たっぷりと溜った珈琲をカップに注ぎ、口に含(ふく)んだ。水温そのままだが、これは美味(うま)かった。熱い珈琲とは異り、香りは口にはいってから俄(にわか)にふくらんだ。温度に後押しされぬ、珈琲の自然な素顔に出会ったかのようだった。沸(わ)かす必要も冷やす欲求も感じなかった。ただ静かに飲んでいたかった。三時間の味だな、と思った。これが新鮮な湧水だったら、もっと美味いだろうな、と想像した。

カッフェー・オーレー・オーリ

滝沢敬一

On prend le café au lait au lit.
Avec des gateaux et des croissants chauds.
Ah! que c'est bon! Nom de nom!

ねどこでのむ牛乳入りのコーヒー
菓子もあったかい、クロアッサンも一所だ
あゝなんてうまいんだろう、こんちくしょう

何もかも不足で、胃の腑戦線大異状を呈して居た時分に出来た流行歌の第一節で、「オン・プラン・ル・カッフェー・オーレー・オーリ、アヴェック・デ・ガトー・

エ・デ・クロアッサン・ショー」を二度くりかえし、「アー・クセボン・ノンドノン」で結ぶ調子がいかにもよい。ラジオでよくきかされた。そら「オーレー・オーリ」ですよといって、娘がボタンをひねると家中にひびきわたる。皆で合唱しては、空腹のゆううつを吹きとばしたものである。

牛乳もクロアッサン（バタを沢山いれ、三日月形にやいた朝めしにたべる小さいパン）も消え失せてしまってから、パリの餓鬼が、緑野に乳牛の群れあそぶアルプス地方に疎開し、朝っぱらから牛乳と白パンをふんだんに食わされて、あげた歓声は、やがてすべての都会人の心の叫びでもあったのだ。戦争中に追ったこの夢は、今でもフランスの女のあこがれの的になって居る。

あるときラジオに出た少女が調子にのりすぎ、音が近いものだから、「カッフェー・オーレー・オーリ」をあべこべにし「オーリ・オーレー」とやって、笑わせたことがあった。「ねどこで牛乳入りのコーヒー」でなくて、「牛乳の中でベッド入りのコーヒー」になるからである。

罪なくして配所の月を眺める如く、ぴん〳〵して居ながら、ねどこで、カッフェー・オーレーをのむことは、奥さん連中にとっては人生至上の幸福であるらしい。フランスの女はねしなには顔を洗い口をそゝぐけれども、朝は構わずにこの方が合理的だとすまして居る。何しろ起きぬけにねまきのまゝでのんで、目ざましにするのが千香の高い匂いさえする。

両なのだそうである。暖房のきいた室で、柔く温いベッドに半ば埋まりつゝ、香の高いコーヒーをすゝり、こんがりと焼けたトーストをつまむのはなるほど極楽であろう。身内がぞっとするせんべいぶとんに、おみおつけじゃ、夢にも詩にもなりはしない。

私はこんな奥さんを知って居た。めがさめると第一の呼鈴をならす。トースト焼き方始めの号令である。第二のジリン〳〵が台所にひゞきわたると、白いエプロンの若い女中が茶碗、コーヒーつぎ、牛乳入れ、さとうつぼ、バタ、ジャム、オレンジマーマレード、片側だけ狐色にやいたパン等の七つ道具を銀盆にのせ、ベッドのそばにある「夜のテーブル(ターブル ド ヌイ)」の上に置くのであった。これが戦前有閑マダムの、日課第一章第一節であった。今でも残って居るのは、この銀盆だけになり、女中は去り、幸にしてご本人もこの世を去ってしまったのである。

豆をいった代用品に、クリーム抜きのミルクサッカリンで味をつけた、耐乏生活のカッフェー・オーレーは十年もつゞいた。こんなものよりも、前晩のスープの残りを温めた方がいくらよいか知れないという男はちょいちょいあったが、女はやはりコーヒーらしいものに、ひどく未練をのこした。この頃朝の町をあるくと、どこのカッフェー店にも、ニッケルめっきの大銅こに、本物のコーヒーと牛乳がたぎり、四つか五つクロアッサンを盛った皿を並べたテーブルで、サラリーマンかツーリストか新聞をよみながら、コップのカッフェー・オーレーにパンをひたして頬ばる、昔ながらの光景がよみがえって来て居る。

　フランスに住みなれると、料理行脚に外国へ出ようとは露ほども考えないが、スイスのカッフェー・オーレーだけはうまいと思う。氷河を見晴すバルコニーで、朝日をあびながらやる食事の味は天下一品。もし満山の風光が、ベッドにまで流れ込む室であったらば、フランセーズならずとも、「アー・クセボン・ノンドノン」とさゝやくであろう。いくら新式自動電気仕掛けの道具をそろえても、自分で手を出したのでは、ありがた味がなくなる。女中なんか雇えない世の中だから、愛情の深い良人にでもたのんで見る。夫婦共に同趣味のなまけ者だったらば、仕方がないから娘でも煩わすより外はあるまい。そんなぜいたくなまねという勿れ。せち辛い時世であればあるほど、この位の罪のない小さな夢を、たまには見せてやるものだ。フランスの女は永久に着物と食物の夢に生きて行く。

　暮しが苦しくなるにつれ、食事に関する習慣はだんだんにくずれ、趣味だ上品だとばかりは言って居られなくなった。置き忘れられた老婦人には、コース毎に皿をとり換えないと、機嫌のわるい人もあるけれども、若い者はずっと民衆化して、客に行っても鳥の骨をつまんでしゃぶったり、汁をパンでふき取る様になったが、別に作法にかけるものとは思って居ない。デモクラシーとは不作法の代名詞ではないけれども、伝統的形式主義はたしかに衰えて来た。

女が外で働き、手伝いはなくなったにも拘らず、以前にもまして読書映画スポーツのひまがほしいとあれば、ご飯のいたゞきかたも変らざるを得ない。しかし金詰りの故に、自宅の食堂が狭すぎるとか、あとの皿洗いが面倒だからとて、レストランでお客をすることもむずかしくなった。全く同じ料理と酒で二倍以上はかゝる。過去十年の耐乏生活が身にしみ頭にひゞき、どこの家でも台所は上手になって居る。玄人はだしの腕前に必要上させられたのである。一家総動員で一両日前からメニューのせんたく、買出し、料理、菓子に心を配り、主人は一役買って、酒リキュール、たばこの世話にほん走する。フランスの男はよく働くばかりでなく、平常から妻君をレストランに連れて行って、実地の研究をさせることを忘れない。妻君に時々立派なご馳走をして置くことは、割のよい投資であることを知って居る。

日本の家庭で客をする時の献立は全く知らないが、近刊「天皇の印象」に出てくる宮中御陪食のメニューを見ると、日本酒を除いてはどうもフランス流らしく、われわれの食事と大差はない様である。中流のお暮しをなさるという質素な思召しのほど、誠に恐れ多い次第である。フランス中流社会のメニューでは、ぶどう酒は紅白新古とりまぜて三四種は出るし、肉や鳥の分量はいかにも多い。私などは、せめて二度位に分割して呉れたらば頭痛もせず、あと腹もいたむまいといつでも残念に思う。目を白黒させてまでつめ込むのを礼儀とするのも迷惑なものだ。

日本には、何本か短い棒を帯にはさんで、客に呼ばれて行く風習の地方があった。腹がくちくなると一本ずつ抜きとるもので、棒の多いほど、先方に対してよけい敬意を表したことになる。私はこちらでこの話をし、今日は半ダース棒の御招待にあずかりましたなどと先方の主婦を微笑させるが、実は、こんな用心棒のいらないのが一番ありがたいのである。

フランスの女は、シャンパーニュは好きだけれども、普通のぶどう酒はあまりのまない。しかしデザートコースの菓子はよく召上る。だから菓子作りの名人が多く、戦争中から腕もぐんと上った。おもちゃのない国は子供の地獄、菓子の食えないのは子供と女の地獄である。近頃の菓子屋は品沢山で、いかにも婦人文化国らしくなって来た。何でもあるが何でも高い。家庭で焼けば、材料をよく吟味して、費用は三分の一もかゝらない。哲学やスポーツのわかる女もいゝけれども、カットル・カール（メリケン粉バタさとう卵を四分の一ずつまぜたカステーラだから「四分の四」とよぶ）や、タルト・オー・ポム（りんご入りのパイ）でも手ぎわよく焼いてくれる方が、甘党の貧乏人は助かる。

「サンク・ア・セット」（五時から七時まで）といえば、茶かコーヒーが主であって、かるい菓子をつまみ、話に花を咲かせたものであるのに、空腹時代に生れた栄養食的おやつが今日にも及び、うんざりするほどの菓子を、用意する家庭が多くなった。玉露をそっちのけにして、羊かんばかり頬張る様で、いかにも色けしである。こんなに甘味に親しんで、しかも、永久に曲線美を保とうとするのは無理な註文である。フランスの女は人種のせいであろう、四十がらみからぐんぐんふとって来て、マネキンやダンサーでなくとも、ふぐは喰いたしの悲鳴をあげて居る。

標準型フランス人の家庭では、茶を煎じぐすりの一種と心得、客に出すのは酒でなければコーヒーである。カッフェー・オーレーは朝だけのもの、何時でも牛乳をいれるのは、野暮な外国人のすることである。食後のカッフェー・ノアール（黒いコーヒー）につゞいてのむプース・カッフェー（「コーヒー押し」とは小コップのリキュール）、若い女ならば、シガレット一本、安楽椅子によって、わに吹く煙の末の夢を追う。

コーヒーなくして何の人生ぞやである。

ウィンナ・コーヒーが飲みたくなったなあ

植草甚一

もとウィーンのジャーナリストでねえ、戦争がおわりかけたころアメリカに亡命して「青い鳥をもとめて」という体験談を書いたジョゼフ・ウェクスベルグはこの本がベストセラーになってから、よっぽど頑張って仕事したとみえ、いまではアメリカの一流ジャーナリストにのしあがってさ、いろいろな雑誌の注文をこなすようになった。なかでもエスカイア誌に毎月でる「食いもの談義」は、かなりゴキゲンになっちゃうものだし、ぼくは最近このスクラップをやりだしてるんだ。そのなかでもウィーンの話が面白くってね、オヤとおもったのは、いまではもうウィーンでもウィンナ・コーヒーが飲めなくなってしまったと書いていることだった。

むかしは東京でも、この「ウィンナ・コーヒー」が流行(はや)ったもんだがねえ、いままでは知らない人がおおいだろう。学校の帰りに『ウィンナ・コーヒーを飲みに行こうよ』という。そうすると、このコーヒー独特のにおいが、飲まないまえからプーンと鼻にくるんだが、ふつうのコーヒーよりチョイ高くてね、おまけに一杯飲むと、もう一杯飲みたくなるときている。だから困っちゃった。いま二杯たてつづけに飲めるコーヒーが東京のどこにあるかい。ぼくは銀座のユーハイム、コロンバン、渋谷のトップあたりのコーヒーを飲んでいるけれど、友だちにはアート・コーヒーが好きなのがおおいねえ。けれどぼくには魅力のない味だ。どこへ行っても、たいていのコーヒーがアート・コーヒー系統だろう。よくこれだけノシたとおもって感心するんだけど、プーンとにおってくるものが、てんでないじゃないかい。そこへゆくとウィンナ・コーヒーは、なんだかこう女の子を連想させるような不思議な魅力があったもんだ。それが本場のウィーンでも飲めなくなったというんで、すっかり情けなくなっちゃった。どうしてなんだろうなあ。

ジョゼフ・ウェクスベルグに言わせると、むかしのウィーンのコーヒー店というやつは、ロンドンのパブ pub, パリのビストロ bistro, ニューヨークのサルーン saloon とおなじようにフンイキそのものがよかった、と言うんだ。ウーン、よくわかるねえ。ところが最近のウィーンのコーヒー店にはいると、ジューク・ボックスから音楽がガンガン鳴ってくるし、ビールのにおいがプーン、ビーフ・シチューのにおいがプーンとする。こいつはいけないや。ウィーンのコーヒー店の特色は、だいいちに静かなことで、落ちついて本を読むのにもってこいだし、そばにいるお客も上品でガサツな声なんか出さない。ウィーンの上流社会では会員制度のクラブが発達しなかったというけれど、コーヒー店がクラブとおなじ役割をはたしたから、特別なクラブの必要なんかなかったんだよ。こないだも銀座で冷房がよく利いた一流の喫茶店でコーヒーを飲んでいたら、そばでどこかのバーのマネジャーが、支度金はいくら出すとか、最低保障などのことを、おおきな声で新米の女給さんに話していたっけ。銀座は喫茶店まで女給やボーイの巣になっちゃったよ。たとえば、こんな連中でもウィーンのコーヒー店では、図書館へはいったときのように、声をひくくして話し合わなければならなかった。

朝の八時に開店すると、ホイップド・クリームをうかしたウィンナ・コーヒーを飲みにくる客が、ついでに半熟の卵をたべ、トーストをかじっている。会社の出勤時間なので、なんとなくあわただしいが、そのあとは静かになってしまい、コーヒーを飲みながら、ゆっくり新聞を読んでいる客と、勉強に夢中になっている学生たちだけになる。ランチ・タイムには、白いテーブルクロスが、ちょっとフンイキをかえ、レストラン式になるが、二時になるとテーブルクロスがなくなって、またコーヒーのにおいが漂いだし、やがて婦人客の時間となり、それからチェスやトランプをやる男たちの時間となると、天井のシャンデリアがやわらかい光線をなげかけ、マホガニー製の椅子やテーブルのみやびやかな艶を、いちだんと引きたたせるといったフンイキになるんだねえ。

一六八三年のことだった。トルコとの戦争があって、そのときスパイとして活躍したセルビア人のフランツ・ゲオルグ・コルツィッキーというのが、トルコ軍が敗退するとき残していったコーヒーいりの袋を、ごほうびにみんな貰った。このコーヒーの豆を、ウィーンの人たちは何にするか知らなかったけれど、コンスタンチノープルに行ったことのあるコルツィッキーはね、焙ってつぶしてからコーヒーをわかす術を心得ていたんだ。それで皇帝の許可をもらい、聖シュテファン寺院のそばで世界最初のコーヒー店を開業したのが、この歴史のはじまりなんだとさ。一七〇〇年になると、ウィーンには四軒のコーヒー店ができ、それから十七年たったころには三十軒にふえ、どの店にも、トルコ人がコーヒーを飲んでいる絵がらの看板がぶらさがっていた。別室に玉突き台が置かれるようになったのも、このころだったが、十九世紀にはいると八十軒になり、なかでも帽子かけまで銀製だったノイナーのコーヒー店が詩人や音楽家の巣として有名になった。ベートーヴェンは、いつも一人ぼっちでプラーター・ヴイオレットのコーヒー店におさまってたが、一八二四年のこと、この店ではじめてピアノが演奏されたものだと書きのこしている。一八四八年、パリ二月革命のころは、メッテルニヒの部下がコーヒー店でスパイさがしをやったため、めっきりさびれてしまったが、一九〇〇年には七百軒にふえ、コーヒー店の黄金時代を現出したんだよ。

このなかでは小説家や俳優があつまったグリーンシュテードルと、政治家の巣だったカフェ・フランセーが有名だったが、このころはレーニンもウィーンに亡命していて、カフェ・セントラルで毎晩のようにチェスをやりながら、革命の計画をたてていたんだとさ。こうして一九二五年には一二五〇軒にたっするという記録をだしたが、だいたいコーヒー店が繁昌したのは、ウィーンには二十五万人のユダヤ人がいて、みんなコーヒー党だったからだ。それをヒットラーが虐殺したろう。こんなわけでウィンナ・コーヒーの味をたのしむ人たちがいなくなり、むかしのフンイキもなくなってしまった。

いまウィーンには一二三五軒のコーヒー店がならんでいるけれど、みんな安っぽいコーヒーだけで、イタリア式のエスプレッソ・コーヒーがその親玉になっている。東京でも三十円で飲ませるエスプレッソはまずいね。むかしのように落ちついて本が読める喫茶店もなくなってしまったと言っていいだろう。ウィーンではリヴァイヴァルのきざしがあるっていう話だけど、なんとなくウィンナ・コーヒーがまた飲みたくなっちゃったなあ。

可否茶館

内田百閒

　午後遅く用事があって明治製菓の本社へ出かけた。直(す)ぐにすんで帰りかけて見ると腹がへっている。尤(もっと)も午後はいつでも空腹であってその日に限った事ではない。午飯(ひるめし)をたべないのだから当り前である。日本郵船の自分の部屋にじっとしていればその儘(まま)無事にすんで独りでに夕方になるのだが、出歩くといろんな物が目についたり、におって来たりする。明治本社の玄関を這入(はい)ってエレヴェターに乗る前に片側の喫茶室を横目で見たかも知れない。

　しかし帰りにはその前を素通りして表に出た。すぐ帰る気はしないが、それならどうすると云う分別もない。広い歩道をぶらぶら行って町角に靴磨きがいたから靴を磨かせた。片足を台に載(の)せて一服した。そう思って行ったわけではないけれど、そこは明治別館の喫茶館の角である。珈琲の香がにおって来る様でもあり、それは気の所為(せい)

だとも思われる。私は明治二十一年四月版の「可否茶館広告」と云う小冊子を持っている。但しその翻刻版である。

而〆調進スル所ノ珈琲湯ニ至テハ、意ヲ焙磨ニ注シテ専ラ香芬ヲ重ンジ、
糖霜ノ加減、乳湩ノ添退ハ、各個御適度ノ命ニ従ヒ、

こんな事が書いてある。勿論諳記していたわけではない。靴を磨かせながらおぼろげに思い出した事を、後でここに書き入れた迄である。靴磨きを終わって歩き出した。帰って行く方には足が向かないで、たった今ぶらぶら来た所を逆に戻った。自然に別館の喫茶館の前に立った。矢っ張りさっきにおったのは本当のにおいである。這入ろうと思って顔を上げて見ると中には人が一ぱいいる。それで止めて片づかない気持の儘ふらりふらりと歩いていたら、又本社の玄関から這入ってしまった。思い切って片側の喫茶室の扉を開けた。ここには一二度這入った事があるから気がらくである。席に著く前に起ったなりで女の子に珈琲とお菓子をくれと云ったら、ここは珈琲だけだから、それでしたら別館へ行けと教えてくれた。

是非共お菓子をたべようと思ったわけではないが、ことわられた途端に必ず食おうと云う意地が出た。今度は迷う事なく玄関を出て別館の闥を排した。矢っ張り一ぱいに人が詰まっているが一ヶ所に椅子があいていたから腰を下ろした。通り掛かった女の子にお菓子と珈琲をくれと云ったが通じない。もう一度云い直してもまだ解らない。

何かこちらで間違っているのか知らと思った。ケーキに珈琲でよろしいんですかと女の子が片づける様に云った。そう云えば壁に貼った書出しにもケーキと書いている。

　この別館が落成した当時明治の甘木君が案内すると云ったのをことわった事を思い出した。それから何年も過ぎている。今日初めて這入って見ると、庭があって池があって夏向きの景色である。前掲の「可否茶館広告」に、庭園ノ儀ハ、従前荒廃ノ余リ、其(ソノ)木石等乍(ニワカ)ニ修整シ難ク、一ノ観(ミ)ル可(ベ)キモノ無シト雖(イエド)モ、二百余坪ノ平地ハ室ノ左右ニ環亙〆(メグラシテ)、聊(イササ)カ散歩吹烟(スイエン)、携手談心スルニ足リ、と云う文句があるが五十余年後の今日、明治別館の前庭にもこれからの時候では散歩吹烟、携手談心する客を見る事であろう。

　可否茶館は本邦珈琲店の開祖なのだそうである。広告はその開店に当たって発行したものであって、末尾は次の様に結んである。

　今草創ノ際、幸ニ諸彦ノ愛顧ヲ辱(カタジケノ)ウシ、日就月将、以テ漸(ヨウヤ)ク盛大ニ赴(オモム)カハ、遠カラスシテ仏蘭西(フランス)ノ昔ノ如ク、貴顕英邁ノ光臨有ラン事、疑ヲ容(イ)レサル所ナリ、而〆(シコウシテ)其盛大ニ赴クト否(シカ)ラサルトハ、専ラ諸彦ノ愛顧ヲ請ヒ、館主一碗ノ清味ヲ可否品評シ賜フヨリ始マル、故ニ館主ハ但夕(タ)自ラ工夫ヲ凝ラシ、勉(ツトメ)テ尊客ノ御便利ニ注意セン耳(ノミ)。

但

カヒー　　一碗　代価　金壱銭五厘

同牛乳入　一碗　代価　金　弐　銭

下谷区上野西黒門弐番地

元御成道警察署南隣

明治二十一年四月吉辰　可否茶館主人敬白

ケーキと珈琲を持って来たので瞬く間に頬張り飲み干した。私には甘過ぎて閉口したがそれは腹に入れてから後の感想である。お蔭でもう何も欲しくない。さっさと郵船の部屋へ帰って来た。

カフェー

吉田健一

これは日本のカフェーのことではない。まだ子供の頃、電車に乗っていて当時の不良少年の服装と察せられる異様な身なりをした人物が頻りにカフェーの話をしているのを聞いたことがあって（その人物はこれをカフエーと四音節に発音した）、そのカフェーというのはどんな陰惨な罪悪の巣窟なのだろうと思ったが、後になって実際にその一軒に行って見て、バーをもっと大きくしてけばけばしくしたものに過ぎないことが解って失望した。

カフェーに似たもとのフランス語はコーヒー、或はコーヒーを飲ませる店を意味している。だから、バーをけばけばしくしたものでも、又、喫茶店でもなくて、どうしてそれが日本のカフェーになったのか不思議であるが、フランスにも日本のカフェーのようなのがどこかにあるのかも知れない。併しコーヒーを飲ませる店ならば確かにあって、そのことがここでは書きたいのである。コーヒーを飲ませる所で喫茶店でないのは、一つには恐らく領土の関係からフランス人が紅茶ではなしにコーヒーを飲む為で、日本の喫茶店も主にコーヒーを出すことを思えば、フランスのカフェーも一種の喫茶店と見られないこともない。それが、多くは町の大通りに面して日除けを降し、椅子や卓子を歩道にまではみ出させている。何軒も並んでいて、どこの店が殊にいいということはないから、入るのに選り好みする必要もない。併し習慣で一つの店に行くようになることもあるのは日本の蕎麦屋や寿司屋と同じで、ただそれだけの話である。もともとが一種の腰掛け茶屋なので、定連が幅を利かせたりすることは勿論ない。

　それがフランスのカフェーであって、名目はコーヒーを売る店なのであるが、それよりもこれは実は、何もしないでぶらぶらしている為の場所なのである。そして何もしないでいるのにも道具がなくてはならないから、コーヒーを出し、その他に安ビールを含めた酒類もあって、簡単な食事も出来るし、頼めば便箋と封筒、それにペンとインクも持って来てくれる。新聞は幾通りか綴じて置いてある。だから、カフェーに行けば、そこで手紙も書けるし、新聞も読めるし、そして飲みものや食べものにも不自由せず、フランス人の多くはこういうカフェーの一軒で朝の食事をして、それから一日中そこにいても誰も文句を言うものはない。手紙を書いたり、新聞を読んだりする必要が起る毎に、どこかに行かなければならないなら、同じ場所にぶらぶらしていることは出来なくて、それでカフェーには凡てそういうものが揃えてあるのである。

従って、本当に何もすることがなければ、そういう人間が行く場所であることがカフェーの役目である。町中であって、人や乗りものが通るのを眺めているだけでも時間がたつし、飲みものでも何でも何か注文してしまえば、後は一時間でも、一日でも、カフェーの人達と没交渉でただそこにそうしていられる。急の用事を思い出したならば、電話があり、そのうちにまた喉が渇いて来れば、これは説明するまでもない。そして飲みものを飲むのも、電話を掛けるのも、何かすることのうちに殆ど入らなくて、こういうことを書いたのは、日本にもこのような場所があったらどうだろうかと思うからである。皆とても忙し過ぎてと言われるのに決っているが、日本にもまだ隠居というものが残っているのではないだろうか。そして偶にカフェーで隠居した気分になるのも、命の洗濯になるような気がする。

ランブル関口一郎、エイジングの果てのヴィンテージ

村松友視

『銀座百点』という雑誌で、「一杯の珈琲から」というタイトルによる、銀座の喫茶店を次々と取材する連載をやったことがあった。そこでたまたま、〝大人の達人〟を強く感じさせられる方にお目にかかった。

ただ、私は決してコーヒー通でも味が分かるタイプでもない。昭和の時代にあったいわゆる喫茶店が、逆風の中で消えつつあるご時世に、ぎりぎり残っている銀座の喫茶店をたずねあるき、そこにまつわる〝ものがたり〟を体感してみたいという、一般的アングルによる興味から発した仕事だった。

そして、何回目かに銀座の「カフェ・ド・ランブル」の取締役会長である関口一郎さんにお目にかかることになった。関口さんには『銀座で珈琲50年』という著書もあり、ホームページでもかなりの情報が発信されていて、いわば伝説の人となっている。

コーヒー通は「カフェ・ド・ランブル」を通り過すことはできない、というのが常識ともなっていて、私などの刃がとどくお方でないことは、最初から承知していたが、〝ランブル〟の名になつかしさがからんでいるのも事実だった。

京橋の出版社につとめている頃、先輩にさそわれて、「カフェ・ド・ランブル」に連れて行かれたことがあった。「これまでに飲んだことのないアイスコーヒー飲みに行かない？」というのが、さそってくれた人の自信満々のセリフだった。

その頃、ランブルはたしか西銀座の、「傘をささぬ人ひとりが通れるほどの狭い路地」と関口さんがご自身の本で書かれている場所にあった。そこで味わった、細長いシャンパン・グラスで出された「琥珀の女王」は、たしかにそれまで飲んだことのない、神秘的なアイスコーヒーだった。生クリームとコーヒーがきれいな層をくっきりとつくっていて、見てくれの恰好よさも申し分なく、味も……いや味の深いところは私には分からぬとして、ちょうど夏の季節のことだったが、何とも言えぬ清涼感と洒落たあと味を感じたものだった。

そんな記憶を思い出しながら、おずおずと銀座八丁目の「カフェ・ド・ランブル」をたずねたが、九十五歳でなお矍鑠たるたたずまいを保たれる関口さんは、意外にやわらかい態度で私に接してくださった。自分が勝手に抱いていた〝強面のランブル〟というイメージを、初対面で一気に溶かしていただいた感じだった。

「カフェ・ド・ランブル」の〝オールドコーヒー、あるいはコーヒー豆のエイジングについておたずねしたい〟と切り出すと、紺のジャケットにグレーのフラノのズボン、そして赤い色のネクタイをされた関口さんは、あれはですね……と何かの記憶をたどるふうに語り出された。

四十年前のある日、コーヒーの輸入元の三階にある社長室の棚に、艀船で雨ざらしとなった見本のコーヒー豆が積んであるのを、関口さんは目にした。気になって買いたいと申し出ると、これでよかったら持って行けと言われ、焙煎して飲んでみると香り、苦味、酸味のバランスに神秘を感じたという。棚のコーヒーを引き取った直感はやはり、コーヒーに関する天才のひらめきだったのだろう。

さらに、このとき関口さんは十代の頃に読んだ見聞録の中に、オールドコーヒーという言葉があったことを思い出す。ここにおいては〝天才〟だけではくくれない、関口さんとコーヒーとの宿命的な関係が見えてくる。古茶や酒のヴィンテージと同じように、コーヒー豆もエイジングすなわち貯蔵によって変化し、成熟するのではないかと直感したのだ。十代の知識と棚から引き取ったコーヒー豆の出会いが、オールドコーヒーと「カフェ・ド・ランブル」が結びつくきっかけになったというわけだ。

関口さんの一語一語は明確で具体性に富み、押しつけがましくない説得力にみちていた。自分はコーヒーの専門家だが、聞く相手は素人であり無知は当然……そういう人への対し方はなかなか手に入る境地ではない。コーヒー豆のエイジングは〝賭け〟だと関口さんが言われるように、エイジングによってとんでもない駄目な豆になってしまうことがあるのは、人間とても同じことだろう。

齢をかさねると、人はとかく重く、いかめしく、おごそかになってゆき、説教と美談しか受けつけなくなりかねない。エイジングの部分にのみ、人間としての自信をかさねてしまう結果なのだろう。だが、齢のつみかさねの内側に、確乎たる才能を持っている人は、本当の自信を身にまとっているから、対する相手にはむしろやわらかくなることができるのではないか。男女を問わず、破格の魅力を持つ年輩者は、そのような、姿、かたち、たたずまい、態度、そして物言いを身につけているように思われるのだ。つまり、寝かしておいた甲斐のある成熟を遂げ、エイジングの果てに行きつくヴィンテージの価値である。

それにしても、コーヒー豆が貯蔵によって成熟するというのは、関口さんにはもはや当然の前提なのだろうが、私などにとっては目からウロコの世界だった。生のときはバランスがくずれた荒れ馬だが、味に力がある豆ならば大化けする……これが関口さんの見定め方らしいが、それもまた人の成熟とかさなる言葉だ。

関口さんが、〝珈琲だけの店〟「カフェ・ド・ランブル」の店内におられるときに陣取る場所は、道に面した焙煎室の裏側、レジの向かい側といったあたりの、小さなカウンターと壁のあいだの細長い隙間の椅子といった感じだ。この小さなカウンターに、かつては四人くらいは陣取ることができたのではないかとも思われるが、いまはおそらくご当人にしか見分けのつかぬであろう物たちが奔放に置かれ、人ひとりがうずくまるにふさわしい身の置き場所という趣きだ。そこにおられるとき、関口さんの頭に去来する記憶、ふとひらめく仮説やいたずら心、最近好もしいと思っておられる料理店の味など……想像するだけでも雄大な景観が広がってくるようだった。

「カフェ・ド・ランブル」のカウンターで、店の人の仕種、うごき、コーヒーの淹れ方、客への言葉、棚のガラスの器に入る何種類かの豆、並べられた独特のデミタスカップ、客の注文ぶりや飲み方などを望見していると、設いと御点前によるもてなしを受け止める、茶事における主客の姿にかさなる雰囲気を感じさせられる瞬間が、たしかに生じてくる。それがモルト・ウィスキーを愛でるバーの様子に切りかわり、誰にも邪魔されぬ時のすごし方をする気楽さがあらわれ……しばらくいてみれば、店の表情は千変万化するようだ。

　関口さんは、最近のコーヒー世界の事情について、コーヒーの需要増大が招いた生産者による量産のながれに、むかしの味への希求が高まってかすかな歯止めが生じ、いい豆をつくろうという生産者が出てきた歓迎すべき兆候について話された。そしてしばらく言葉を止め、

「実は三年前にですね、ニカラグア・コーヒーでくせのある荒々しい豆を買ったんですが、こいつがいまエイジング・ルームで寝ているんです」

そう言って、いたずらっぽい目をつくったあと、遠くを見るような表情になって、

「まあ、十年くらいたたないと店には出せませんがね、こいつには大いに期待しているところでして」

「荒々しい豆ならば、大化けしますか」

「ま、大いに期待してますね」

あとは仕上げを御覧じろとばかりに、九十五歳の関口さんは赤い色のネクタイをかるくしめ直す仕種をしながら、ニカラグア豆の十年後の〝成熟〟を心待ちにするように、またもやいたずらっぽい表情になった——。

国立　ロージナ茶房の日替りコーヒー

山口瞳

一日おきぐらいに女房を散歩に連れて行く。女房は不眠症の患者だから運動をつけないといけない。なんだか犬の調教師になったような気がする。

一橋の構内を抜け、国立(くにたち)駅前の大通り（通称大学通り）へ出る。この大学通りは、私の知るかぎり、日本で一番美しい大通りである。春は桜と柳、秋は銀杏(いちょう)がいい。私が写生旅行に出かけると、〝国立へ絵を描きにくる人もいるのに〟と言われてしまう。

大学通りに出て、スーパー・マーケットの紀ノ国屋で買物をして、サンジェルマンでパンを買う。

それから、ロージナ茶房へ寄って休憩する。私はコーヒーを飲み、女房はココアを飲む。女房は、ときにアイスクリームを喫する。小腹が減っていると、私はトーストを食べる。このトーストが特に気にいっているのではない。しかし、バターとジャムのガラスの容器は大変に気にいっている。

　ロージナに入る前に、ウインドウから内部をのぞく。マスターの伊藤接さんは、たいていは本を読んでいる。京都の一澤帆布店の主人は、店番をしながら平家物語なんかを読んでいる。私のとても好きな光景であるが、伊藤さんの読書する姿も好きだ。先日は、沢木耕太郎の『深夜特急』（新潮社刊）を面白い面白いと言いながら読んでいた。私と同年齢であるが、若い人に接することが多いせいか、気持が若いようだ。伊藤さんと目が合うと、お互いに笑う。そうやって私はロージナに入ってゆく。

　伊藤さんは大変な目利きである。骨董品に目が利く人は、どうかするとイヤミになるが、伊藤さんはそんなことはない。曇りがない。また幅が広い。ジャム入れにしているガラスの容器なんかはガラクタに属すると思うが、そんなものにも確かな目が働く。素敵なガラスの花瓶があって、ヨーロッパで仕入れてきたものだろうと思っていると、これ保谷硝子です、いいでしょう？　と言われたりするので参ってしまう。

　国立市には芸術家が多く、画廊が多い。たとえば彫刻家の展覧会があって、一緒に飾りつけを見に行くと、伊藤さんが、この彫刻、前と後を逆にしたほうがいいんじゃないか、なんてことを言う。彫刻家は、どの方向から見てもらいたいかということを自分で決めているはずだから、ハラハラしているのだが、伊藤さんの言うように逆に置いてみると、だんぜん良くなるということがあった。伊藤さん自身、批評家であるだけでなく画家である。いまでも熱心に絵を描く。彼は、十年間、白い油絵具だけで描き続けたことがある。ずいぶん変った画家だ。

　ロージナ茶房は画廊喫茶であり、彫刻もガラス製品も陶器も展示されている。私も一枚の絵を進呈した。それはタヒチのボラボラ島へ行ったときの絵であって、ビーチ・バーを描いたものである。自分の気にいっている絵ではなくて心苦しかったが、他に適当な作品がなかった。伊藤さんは、しかし、これいいです、飽きがきませんと言ってくれた。自分で言うのはおかしいのだが、飽きがこないというのは本当だった。ロージナへ行けば、一度はそこへ目がゆくのだから、飽きてしまったら別のものと換えたい気持になると思う。このことにも驚いた。

　伊藤さんは人生の達人である。彼のような男が経営する喫茶店は、ともすると常連ばかりの集まる店になりがちだと思う。しかし、現実は逆であって、私たち夫婦が満席で断られることがあるくらいに繁昌している。大学生や若いアヴェックが多い。古馴染の老人客も来る。いったい、その秘密はどこにあるのだろうか。

　椅子もテーブルも照明も、たとえば椅子のひとつはフランスの教会の椅子を使っているといったように凝ってはいるのだが、凝りすぎにならない。骨董に目が利いても、店内をアンティークで飾りたてるような愚かなことをしない。万事につけて程がよいのである。だから常連客だけの溜り場のようにはならない。だから若い人でも気易く入ってこられる。

私は、たいていは、日替りのストレート・コーヒーを飲む。ブレンド・コーヒーは四百五十円である。ストレートも同じ四百五十円である。ということは、キリマンジャロもブルーマウンテンも四百五十円であるということだ。ここに伊藤さんの見識と信念があらわれているように思われる。「ブルーマウンテンだって仕入値はそんなに変らないんですから」

平然として言う。ブルーマウンテンを好む客は五百円でも飲む。そんなマヤカシはこっちで許さないと言ってるように思われる。

あるとき、車椅子に乗った少女が入ってきた。足が悪いようだ。すると、伊藤さんは、すばやく立ちあがって、椅子と卓とを片寄せた。ウエイトレスもボーイも、即座に無言で手伝った。間然するところがなかった。見事だった。少女は車椅子のスピードをゆるめることなく自分の好みの席についた。それは感動的な光景だった。心の準備ができていなければ、咄嗟にこういう行動に移れない。

ロージナで高校生がクラス会をやっているのを見ることがある。文教地区で学校が多いから、卒業・入学の時期になると、そんな会が多い。カルチャー・センターで知り合った中年女性が同人雑誌を発行して、合評会をやったりしている。

ロージナでは軽い食事が食べられるし酒も飲める。伊藤さんの目が光っているから、安心して何でも注文できる。スパゲッティがうまい。カレーライスも独特の風味がある。若い人むきだから、私には量が多すぎるが……。サラダなんか、まことに大盛りだ。

伊藤さんと小説の話をする。絵の話をする。知人に会って町の消息を知らせあう。寿司屋とソバ屋と、酒場（私の場合は赤提灯だが）と喫茶店、これを一軒ずつ知っていれば、あとはもういらない。駅のそばに、気楽に無駄話のできる喫茶店があるというのは、とても嬉しいことだ。いや、もし、そういうものがなかったとするならば、その町に住んでいるとは言えない。私はそんなふうに考えている。

ロージナのウエイトレスは、すべて学生アルバイトである。コーヒーを飲んでいると、面接に訪れる娘たちに会うことがある。面接といったって伊藤さんは、一目で適しているかどうかがわかると言う。なにしろ、天下の目利きであり達人であるのだから。事実、履歴書にさっと目を通して、明日からいらっしゃいと言う場面に出くわすことがある。早番と遅番の二部制になっているようだ。

アルバイトの女子学生だから、半年ぐらいで人が替る。私は彼女たちと口をきいたことがない。それでも、なんとなく、どこかで現代の女子学生気質に触れたような感じになる。ロージナへ行く楽しみの何十分の一かはそれではないかと思うことがある。

コーヒーを飲みおわってぼんやりしていると、伊藤さんがお茶をいれてくれることがある。その茶菓子が、アルバイト学生が旅行に行って土産に買ってきたものだったりする。

ロージナ茶房の開店は昭和二十九年である。私は、この店に、ひとつだけ貸しがあると思っている。国立市は残念ながら下水工事が遅れていた。十数年以上も昔のことになるが、私は伊藤さんに、どんなに金がかかっても、汲取（くみとり）式便所を水洗に変えなさいと提言した。駅前商店街の中心地だから、工事には、意外な費用を要したらしい。それでも私は自分の提案が正しかったと信じている。

むかし、ロージナ茶房で働いていた女性が、立派な美しい若奥様になって店を訪ねてくることがある。伊藤さんと紅茶を飲みながら、レジのそばの席で話しこんでいる。それも私の好きな光景だ。

極寒のコーヒー、灼熱のコーヒー

畑正憲

日本にはお茶があるので、コーヒーの普及には時間がかかったし、今でも、一人当たりのコーヒーの消費量はほかの国に比べると少ない。

多いのはスエーデン、ノルウェーなど北欧の国であり、トップはフィンランドである。独特のマイルドなブレンドコーヒーを好んでいて、デンマークなど、北欧四ケ国はほぼ同じ味である。

日本では、ホテルオークラのコーヒーがそれに近いと思う。しかも、創業以来、その味が変わっていないのに驚かされる。

このブレンドコーヒーには、不思議な長所がある。部屋にこもって仕事をしている際、ルームサービスでコーヒーを運んでもらう。何杯分かがポットに入れられているのだが、かなり時間が経った後でも味が変化していないのである。

ニューヨークの五番街にしゃれたプチホテルがある。そこのオーナーが大のコーヒー党であり、ジャマイカのブルーマウンテンにコーヒー園を買い、超一級品を栽培しているのだという。

ルームサービスに頼んだ。美味しかった。目が醒めるような味だった。薄いコーヒーがぶ飲みのアメリカで、こんなに旨いコーヒーが飲めるなんてと私は感動した。でも、時間をおいて飲むと、まったく違ったものになっていた。まずくて、吐きだしたくなるほどだった。最高の味は、一瞬の風だ。

真冬、フィンランドを北上した。ラップ人が住む、ラップランドでは、一日中、太陽が顔を出さなかった。

彼らとトナカイ犬を連れて原野に出た。

気温はマイナス四十度以下。

昼、たき火を囲んだ。トルココーヒーのように、粉と水の内からケトルに入れて、火にかけた。わいたところで、それを木製のカップに注いだ。

キャンプ用の金属製のカップなどとんでもない話であり、陶器のカップでも、唇に貼りつくことがあるという。

子供の頃、私は北満にいたが、秋が深まる頃、ドアのノブなど、手が触れる金属でできたものに布を巻いたものだった。学校の鉄棒にも包帯が巻かれた。

木製のカップは、木をくり抜いて作られていて、焼ゴテで、絵が描かれ、自分の名前も記されていた。

彼らは、ボールから氷砂糖をつまみあげて口に入れ、すかさずコーヒーを含んだ。口の中で、コーヒーと砂糖を混ぜるのである。私はブラック党だが、まねをして氷砂糖を口にほうりこんでみると、コーヒーを飲む度に溶け具合が違い、オツなものだった。

カップに砂糖を入れ、スプーンでかき回したりしないのだ。スプーンは金属で出来ていて、ミルクだって、すぐ凍ってしまうので不便である。

オーストリアでは、生クリームを泡立ててコーヒーと合体させる。

ウインナーコーヒー。

フランスはカフェオレ。

小さな丼ほどあるでっかいカップにミルクを入れ、コーヒーで色をつける。娘が結婚した折、私は、カフェオレ用のカップをプレゼントした。

でも、普通に飲まれるのは、きつく焙煎されたコーヒーである。

ドイツのジャーマンロースト。イタリアのイタリアンロースト。イタリアのものが、焙煎が最もきつい。

赤坂に『コヒアアラビカ』というコーヒー一筋という店がある。そこへ顔を出し始めた頃、イタリア人なんて、あれだけ豆を焦（こ）がしてしまったら、豆のよし悪しなんて分からないんじゃないかなと私が言うと、ママに叱られてしまった。

「何を仰言（おっしゃ）る！　よく焙煎してこそ、コーヒーの本当の味が楽しめるのですよ」

その時は、へえ、とだけ思った。

ところが、ドイツに滞在した際、日に日にコーヒーがうまくなった。なるほどと、不明を恥じた。

コーヒーを一切、口にしない人もいる。

「胃に悪いから」

「あんな黒焦げのものを流しこんで、胃にもたれないわけがない」

などと、嫌（きら）いである理由を述べるが、浅く焙煎したものの方が、胃もたれを起こすのである。そしてだ、世界各国のセリで、特級品の豆を競り落とすのはドイツ人だ。

オマーン。マスカット。

朝、ぶらりと散歩に出たら、人々が道端に座っていた。手に、日本の盃みたいな小さな容器を持っていた。アラブの白い服を着た男が、ヤカンを持ち、座っている男たちにコーヒーを注いでいた。

私も並んで座った。

別の男が盃を持ってくる。クローブを入れて煮出したコーヒーだった。コーヒーとは別物と思ったが、アラブらしくて素敵だった。

ある喫茶店

常盤新平

暮の二十六日、ちょうど午前七時に古い扉を押して、まだ薄暗い山小屋みたいな店内にはいった。西神田二丁目の横丁にある喫茶店エリカは七時に開店する。

會澤輝男さんがカウンターから引き締まった細面を覗かせて、眼鏡の奥で大きな目をむいて、「おっ」という顔をした。「いっぺん朝に来てください」と言われていたのだ。二月に八十歳の誕生日を迎えるマスターとの約束をこれでようやく果たすことができた。

「どうぞ奥へ」と會澤さんにすすめられたが、私は奥のテーブルにコートやバッグをおいてきてカウンターの席に腰をおろした。カウンターで會澤さんと向かいあうのは、この日がはじめてである。いつもは奥の窓ぎわの、日のあたるテーブルだった。

「きょうはコーヒーをご馳走しますよ」と會澤さんはすこぶる機嫌がいい。五時起きして六時半の電車で神保町に出てきた甲斐があった。それに朝の街を歩くのは気持がいい。旅に出たときは早起きになるので、街を歩いて目についた喫茶店で一服する。「いまコーヒーをたてたばかりだから」と會澤さんがカップにコーヒーを注いで、私の前においた。コーヒーをたてるというのが新鮮に聞こえる。

奥さんが各テーブルの花瓶に新しい花を生けはじめた。會澤さんが、病気をしなくてよく働く娘を嫁さんに選んだと照れて言った奥さんである。彼女の仕事が終ったころ、客が一人はいってきて、無言で奥のテーブルに消えた。

昭和二十七年開店のエリカは店が二つに分かれていて、そのあいだに仕切りのような壁がある。會澤さんが「奥」と言っている店の左手を増築するとき、休業したくなかったので、増築が終ると同時に壁のまんなかをぶち抜いて、カウンターのある側とつないだ。だから、入口の奥の左右にある席は見えない。

會澤さんが朝一番にたてたコーヒーはうまかった。ここのコーヒーは癖がなくて私の体に合っているような気がする。もちろん私はコーヒー通ではないが、喫茶店にはいれば、かならずコーヒーを注文する。それが口に合わなければミルクを加える。

會澤さんがいつのまにかバターを塗ったトーストとコーヒーをカウンターに出すと、奥さんが奥のテーブルへはこんでいった。その客はスポーツ紙を読みながら、きまった席でコーヒーとトーストの朝食をとるのだろう。

「朝に来るお客さんはいつもきまっているから、注文を聞かなくても、黙って出します」と會澤さんは説明してくれた。「一人ひとりのお客さんのパンの焼き具合もわかってるつもりです。トースト召しあがりますか」

食パンを四つに切ったトーストはこんがりと焼けたものではなかったが、朝めし抜きでやってきた私にはコーヒーと同じくおいしかった。いかにも武骨そうな男がつくったというトーストである。會澤さんは元航空士官で、南方で終戦を迎えて、戦後は苦労した。

郷里の茨城県で百姓仕事を三年半やったがうまくいかずに上京して、新宿、番衆(ばんしゅう)町(ちょう)の三畳一間に奥さんと住んで、靴磨きからはじめて、他人の家の便所掃除もやった。そのあと、神田駅前の商社の地下室でパンを売るようになり、ひたすら「勤倹貯蓄」に励んで、四十八年前にパチンコ屋の建物を買いとってエリカをはじめた。

しかし、元軍人だけあって「いらっしゃいませ」がどうしても言えない。言おうとしても声が出てこなかった。それで開店をしばらく延期して練習したそうだ。そのころ、自衛隊ができて、ずいぶん誘われたそうだが、會澤さんは断固として断った。「娑婆(しゃば)」でまっとうに働いている人たちに再び命令を下すのがいやだったからだという。

會澤さんからこのような話をときどき聞いた。それが一杯四百十円のコーヒー代を払うときだったこともある。といって會澤さんはけっして話好きな人ではない。むしろ、いつも穴蔵みたいなカウンターに引っこんで、そこから浮世を観察しているシャイなおじいさんである。

エリカで私がコーヒーを飲むようになったのはここ三、四年のことだ。週に一度は出かけてゆく神田神保町で、お昼に鯛茶漬（たいちゃづけ）を食べさせる「ながと」という小料理屋が靖国通りから白山通りの一つ裏の路地に移ってきたので、食後に近くのエリカでひと休みするようになった。

そうでなかったら、會澤さんと言葉をかわすこともなかっただろう。だが、黄色地に黒々とエリカと書いた大きな看板は、水道橋から神保町へ向かうとき、また神保町から水道橋へ歩いていくとき、学生のころからいやでも目についていた。それが鯛茶漬のおかげで、店内が開店当時と変っていないエリカがにわかに身近な存在になった。

神保町は世界一の古本屋街である。こんなにさまざまの古本屋が集まった街はどこにもない。若いころから私は神保町の古本屋にはずいぶんお世話になった。出版社に勤めていたころは、よく仕事をさぼって神保町にやってきた。

しかし、最近はとみに先が見えてきて、知識の泉である古本はなんだかどうでもよくなって、わが神保町は気安く食事のできる街になっている。つきあってくれる人がどんどん減って、一人で歩くしかない私のような者にとっては、ここはじつにありがたい街だ。一服したい喫茶店がエリカをはじめたくさんあるのも助かる。

私はトーストを食べおわって二杯目のコーヒーを飲んでも、動く気になれないで居すわっていた。マスターが琺瑯引き（ほうろうびき）の容器に半ネルの袋を入れてコーヒーをたてるのを、私は身を乗りだして見た。

「泡が立ってるでしょう」と會澤さんは湯を注ぎたしながら言った。「その泡が切れて、澄んだ色になる。ほら、わかりますか。コーヒーはこうでなくちゃいけないのです」

今朝も皇居を一周してきたのですかと私はたずねた。二十年ほど前から毎朝皇居一周のジョギングをしていると一年ほど前に聞いた。

「二時に起きて走ってきましたよ。ここからお濠まで十五分、一周に四十分、そして帰りが十五分。女子マラソンの連中が走ってることもあります。あいつらは私が一周するあいだに三周もしやがる」

エリカの営業時間は午前七時から午後七時まで。午前六時には會澤さんは店に来て支度をはじめている。夜は店を閉めると、詩吟で一時間ほど外出する。帰ってくると、店の掃除。それを徹底的にやる。會澤さんに言わせると、喫茶店というのは掃除をして清潔にすることに尽きる。

客がつづいて三人やってきた。みんなやはりものも言わずに奥のテーブルへ行く。

會澤さんも黙っている。コーヒーだけの客もあれば、ジャムを塗ったトーストの客もいる。ジャムの量もきまっているそうで、朝の客はすべて常連なのだ。

「だから降っても照っても、七時にはかならず店を開けてないと。大変な商売ですよ」と會澤さんは真顔で言った。會澤さんと話をするようになったとき、どこで私の職業を知ったのか、私が勘定を払うときに声をかけてきた。

「センセイは原稿を書いて、そいつをわたしてしまうと、あとは金がはいってくるのを待つだけだから、いい商売だねえ」

會澤さんから見ると、たしかにそうかもしれない。こっちだって苦労しているんだよとは言えなかった。

會澤さんのこのひとことでいっそう親しくなった。話しやすくなり、會澤さんの前歴を遠慮なく聞くことができた。

また新しくはいってきた初老の客が珍しく會澤さんに「どうだい、来年に創業五十周年記念をやったら。マスターも来年の二月で八十歳になることだし。八十歳といやあ、傘寿だよ」

「五十周年は再来年だよ」

「一年早くしたっていいじゃないか」

「そうはいかない」

その客も奥へ行った。八時までは常連の客が絶えないという。常連たちがみな引きあげてから、會澤さんは薄く切ったパンに卵、牛乳の朝食をとる。昼はサツマイモのほかにイチゴかトマト。夕食は四時ごろで、にぎり飯二個に肉か魚を食べる。そのほかに納豆や野菜。食事はカウンターのなかでとる。そのあとは何も口にしない。

「三杯目はどうですか」と言われて、私は頂戴した。「うちで三杯も飲んだお客さんはいませんよ。大丈夫かな」

おいしいから大丈夫と私はお世辞でなく言った。外はすっかり明るくなって、きょうも天気はよさそうだ。地下鉄の神保町駅に着いたときは、この街に灯がともっていて、靖国通りも白山通りも轟音(ごうおん)をあげて走るトラックが多かったし、歩道にもう一つあるエリカの看板の灯が明るかった。

七時にはまだ間があったので、エリカの近辺を歩いてみた。そして、物好きにもほどがあると思った。たかが喫茶店へ行くだけのために柄にもなく早起きして、時間をかけて神保町までのこのこ出かけてくる。

いまは不景気風が吹いて大変な世の中なのに、嬉々(きき)として喫茶店へ行くとは。しかし、歳末であり、仕事も片づいて、さしあたって何もすることがない。不景気風が吹いているといっても、私はもともと不景気な男である。これからは余生だから、無理はしたくないと思っている。

私はカウンターからおりて、奥のテーブルへ行ってコートを着た。バッグを持ってカウンターにもどると、どうぞよいお年をと會澤さんに挨拶(あいさつ)した。コーヒーとトースト、ごちそうさま。来年は五日におじゃまします。その日は糖尿病の検査で神保町の診療所に来なくてはならない。その帰りに昼めしのあと、エリカで一服するつもりでいる。

「びっくりしましたよ」と會澤さんは笑った。「こんなに朝早くお見えになるとは思わなかった」

エリカをあとにすると、九段下へ散髪に行った。朝のエリカで元気な老店主と楽しく話ができて、さっぱりした気分になっていた。

京の珈琲

柏井壽

京都に限ったことではありませんが、珈琲がブームなのだそうです。

豆も厳選し、焙煎方法や抽出にもこだわる、〈バリスタ〉と呼ばれる人たちも人気を呼んでいるようですね。僕はてっきり珈琲マシーンを言い表す言葉だと思っていました。

最近はなんでも大げさですね。職人さんを〈匠〉と呼び、さらには巨匠なんていう言葉も乱発されます。珈琲バリスタのマエストロ、なんて呼ばれる人がいるそうですが、きっとご本人はくすぐったいでしょうね。

それはさておき、京都は昔から珈琲好きが多いことで知られています。ハイカラ好みだったというせいでもありますが、朝に夕に珈琲の香りを愉しむ人はたくさんいました。もちろん今も珈琲ファンは健在です。特に旦那衆と呼ばれる人たちは、日本茶と同じように珈琲を愉しんでいます。

よく知られているのは「イノダコーヒ」でしょうか。まちがえないでくださいね。珈琲ではなく〈コーヒ〉ですから。

京都の朝はイノダから始まる。そんな言葉があるほど、朝早くから「イノダ」には多くの常連客が出向きます。

新聞を広げて、あるいはペーパーバックを片手にして、思い思いの朝を過ごします。それぞれ、珈琲には一家言あるのですが、ここでは多くを語らず、店に任せます。

今では好みを尋ねてくれますが、「イノダコーヒ」の珈琲は最初からミルクとお砂糖が入っているのが本流です。そのほうが余計なことに神経を使わなくていい分、客の側は楽なのです。

そして、ここが一番肝心なことなのですが、店側はこだわりを見せないようにしているのです。

今では褒め言葉のようにして使われることが一般的になりましたが、本来、こだわりという言葉はマイナスのイメージが強かったのです。

「そんな細かなことにこだわっていたら、立派なおとなになれんぞ」

よくそう言われたものです。

どんな淹れ方であっても、美味しい珈琲ならそれでいい。そういう鷹揚さが求められた、古き良き時代を今に伝えているのです。

それは何も「イノダコーヒ」に限ったことではありません。河原町六角(ろっかく)辺りにある「六曜社(ろくようしゃ)」でも、寺町三条近くの「スマート珈琲店」でも、極めてていねいに淹れられた珈琲ですが、今の言葉でいうバリスタたちは、淡々と職人技をこなしていました。いや、過去形ではありませんね、今もそんなふうに珈琲を淹れています。

昔から京都にはたくさんの職人さんたちが、それぞれに誇りを持って働いています。互いの仕事を尊重し合い、敬意を払うのは当たり前のことです。なので、ことさらに自分の仕事ぶりを自慢することもなければ、ひけらかすこともしません。ごく当然のこととして、日々研鑽(けんさん)を積み、仕事の精度を上げていくのです。

毎朝、同じように淹れる、一杯の珈琲ではありますが、そこに職人としての誇りを込めて客に供します。それを心で受け留めるからこそ、客は好みも伝えず、黙って珈琲を味わいます。京都はそんな街なのです。

散歩のときちょっと珈琲を飲みたくなって

泉麻人

〔四谷・珈琲　ロン〕思い出の看板を眺めながら

池波正太郎の名エッセーに「散歩のとき何か食べたくなって」というのがあるけれど、僕も「散歩のときちょっと珈琲を飲みたくなって」喫茶店に立ち寄ることが多い。珈琲の味を愉(たの)しむのも一つだが、窓越しの外景を眺めたり、お客さんの様子を観察したり、その町の風土を嗅(か)ぎとるのが何より面白い。

近頃、チェーンのカフェに対して昔ながらの個人経営の喫茶店が減った……とよく聞くけれど、町を丹念に歩いてみると、けっこういい店が発見できるものだ。僕が贔屓にしている喫茶店、まずは四谷の店から案内しよう。

駅前の交差点から新宿通りをちょっと行った左手に「珈琲ロン」と看板を出した店がある。ロンといってもコレは雀荘によくあるロン（和了）ではなく、芝生を意味するＬａｗｎ。四谷は駅の向こうにイグナチオ教会、交差点角に聖書を並べた書店があるけれど、モダンなコンクリート建築のこの建物もどことなく教会の聖堂を思わせる。

マスターは新劇の性格俳優のような雰囲気のある人で、だいたい地味な黒っぽい服を着て、寡黙に立ち働いている。先代（彼の父上）が１９５４年（昭和29年）に通りの向こう側で店を開き、現在の店舗に移ったのが68年。新宿通りの都電が撤去されて、道幅が拡張され始めた頃だろう。

４階建てビルの１、２階が喫茶店で、吹きぬけになった２階の窓際の席がとりわけ気に入っている。タテ長の窓の向こうに、ちょうど駅前交差点のあたりが見えるのだが、角っこの建物に思い出の店の看板が張り出されている。ケネディ大統領のコインを象ったマークに〈１９５８〉と創業年が記された「ケネディ・スタンプ・クラブ」の看板。このロンの２代目店舗ができた68年当時、少年マンガ誌に毎号のように広告が載っていた、趣味の切手屋の草分けである。現在、店は少し新宿寄りのビルに移ったが、元切手少年にとってはかけがえのない四谷のシンボルといえる（その後、惜しくも撤去）。

そんな懐しい看板を眺めながら、マスターがいれたおいしい珈琲を味わう。吹きぬけ式のフロアーにボックス席がきちんと配置された２階の様子は、僕は行く機会がなかったけれど、写真で眺めた新宿の名店「風月堂」の雰囲気にも似ている。

この店を建築した池田武邦氏は京王プラザホテルや新宿三井ビル……高層ビルの建築で知られる人で、プロフィールを見ても、町の喫茶店というのは珍しい例なのかもしれない。ちなみに、こういう吹きぬけ式のスタイルは、新築翌年（69年）の消防法の規約で禁止になったという。

ところでＬａｗｎとはいえ店に芝生はない。

「実は最初の店に、オヤジが芝生を植えこんだ小さな裏庭があったんですよ」

なるほど……。いまは芝生のかわりに、花好きのマスターが仕込んだユリやカレンの活け花が玄関先や店内を飾っている。

［三田・ペナント］三色旗の学生通り

昔のヒット曲に「学生街の喫茶店」（ガロ）というのがあったように、ひと頃まで喫茶店は学生たちの溜(たま)り場として機能していた。そんなわけで、僕の母校・慶應義塾のある三田の町を訪ねてみよう。

田町駅で降りると、第一京浜の向こう側に「慶応通り」の看板を出した商店街が口を開けている。僕は付属中学の頃（60年代末）からしばしば通学に使った、いわば学生街のメインストリートである。か細い道幅は当時と同じだが、町並の様相は随分と変わった。何軒も並んでいた学生服の店は一軒きりになって、大学の頃によく通った雀荘もめっきり姿を消した。いまどきの居酒屋やラーメン屋を収容した雑居ビルの狭間を進んでいくと、馴染みのある佇まいの喫茶店が一軒、がんばっている。その名は「ペナント」。仄(ほの)暗い店内は山小屋風というか、格納庫のような格好をしていて、板張りの壁に慶應カラーの三色旗のペナントやら常連の学生たちが贈呈した色紙やらがずらりと飾られている。

一人で店を切り盛りする、ちょっと柳生博に似た男がマスターの海帆秀幸さん。オリンピックの翌年の65年に店を始めて、もう半世紀近くになる。様々な学生たちを送り出してきたのだろう。実際、ランチタイムの店内は現役の学生よりも、往時を懐しんでやってきたOBと思しき中年、熟年世代の客が目につく。

——あなた、フクダ君って知ってる?

——応援指導部の奴ですか?

マスターと客との同窓会のようなやりとりを聞きながら、注文したドライカレーを口に運ぶ。近頃ハヤリのキーマカレー風のタイプではなく、カレー粉と一味のスパイスが効いた従来の喫茶ヤキメシの味だ。ちなみにこの店にはケチャピラ、ケチャドラなどの面白いメニューもある。前者はいわゆるチキンライス、後者はそれとドライカレーを合体したもので、常連学生のリクエストから誕生したメニューなのだ。

壁に張り出されたペナント群のなかに、ちょっと異彩を放っているものがある。長渕剛のピンナップにライブのポスター。そして、店に流れるBGMも長渕の曲が続いている。

これも、とある常連学生の影響で、いつしかマスター自身がハマってしまったらしい。その学生は若くして他界したというから、哀悼の意もこめられているのかもしれない。

食後の珈琲を飲みながら、窓辺から通りを眺めていると、学生は歩いているけれど、こういう店には入ってこないのがちと寂しい。最近のカフェもいいけれど、歴代の学生たちがペナントや寄せ書きを贈る……そういう交流はエスプレッソやカプチーノをカウンターで立ち売りする店からは生まれてこないだろう。

70歳を迎えた海帆さん、湘南の二宮の自宅から、日々東海道線で通っている。


［白金高輪・ベルエキップ］都市の端境で……

地下鉄の白金高輪の駅から近い路地裏に、「ベルエキップ」という小体の喫茶店がある。レンガ壁の玄関口に渋赤の幌看板と珈琲ポットを描いた木札がひっそりと掲げられ、出窓の際に村上春樹の『海辺のカフカ』が置かれている。3階建てマンションの1階の店だが、ふと一軒の隠れ家みたいな雰囲気が感じられる。白金界隈を散策するときの、格好の休憩所になった。

ここに立ち寄るときは、仕事場近くの恵比寿を走る都バスを使うことが多い。渋谷から田町へ行くこの路線は、山手線の一本内側の道を通って、首都高が横断する恵比寿3丁目の先から北里病院門前の古びた商店街のなかを抜ける。

履物屋、団子屋、銭湯……2階屋が軒を並べ、やがて右手の小高い丘に木立ちに囲まれた寺が続くようになってくる。

三光坂下で降りると、左手に「四の橋白金商店街」の入り口がある。この通り、確かひと頃まではただ「四の橋——」と付いていたはずだが、シロガネーゼのフレーズがポピュラーになった頃から、「白金」の看板文字の方が拡大された。とはいえ、沿道には八百屋や惣菜屋を収容したマーケット（四の橋市場）や昔ながらの個人商店が点在し、シロガネーゼの町並からはかけ離れたダウンタウンの風情が漂っている。道の正面にすっくと聳（そび）える元麻布ヒルズのタワー棟とのコントラストも面白い。

四の橋の手前で右に折れると、古川橋の方にかけて電気や金属部品の町工場が増えてくる。近頃はマンションに変わって数は減ってきているけれど、「螺子」なんて漢字の看板を出した、古めかしいネジ工場も見られる。そう、古川と明治通りを渡った向こうの南麻布の一角には、都心では珍しい野天の釣り堀が存在する。

そんな感じで白金の裏町からベルエキップへアプローチすると、店奥のカウンターに黒いバーテンダー調のユニホームに身を包んだマスターがいる。こちらから話しかければ気さくに応じてくれる人だが、一見寡黙そうな佇まいは、まさに出窓に飾られた春樹小説の登場人物を思わせる。いつ行っても、BOSEのコンパクトCDステレオから僕の知らない、心地の良いジャズが流れ、ていねいにいれてくれた珈琲はどんな豆でもブレンドでも格別に旨い。

ぽつり、ぽつり、といった間合いでマスターと話を交わすのもいいけれど、僕は窓際の席からぼんやりと外景を眺めて過す時間を好んでいる。路地の対面のマンション脇にちょっと古い型のメルセデスベンツが駐まり、前を様々な格好の人が通行していく。駅前オフィスビルのサラリーマン、コック姿のレストラン職人、作業衣を着た町工場のオジサン、どこかのホステスさんらしき色っぽい女性……『海辺のカフカ』の向こうの窓辺に都市の端境（はざかい）の光景を眺める。

［人形町水天宮前・シェルブール］ 傘屋さんの2階の店

人形町はよく行く町の一つである。尤（もっと）も東京西部の落合で生まれ育った僕には行きにくい場所で、若い頃はほとんど縁がなかったのだけれど、中年世代に差しかかった20年ほど前、知人に浜町の医者を紹介されて、ここで定期検診を受けるようになったのがきっかけだった。歳はとってみるものである。

甘酒横丁の界隈を歩いて贔屓の洋食屋でポークソティーやビーフカツレツを味わっ

たり、趣きのある料亭が残る旧芳町の小路に紛れこんだり、馬喰（ばくろ）町や横山町の問屋筋の方まで遠征したり、ときに新大橋を渡って深川の森下あたりまで行ってみたり……。好みの散歩コースはいくつもある。

　しかし、散歩というのはふとしたことで見落としている物件があるものだ。何度も歩いている水天宮の門前の所で、先日面白い喫茶店を見つけた。人形町通りの対面にこんな配置の建物がある。1階に〈傘（かさ）のアイバ〉と看板を出した洋傘屋があり、その上の2階が〈シェルブール〉という喫茶店。これは「シェルブールの雨傘」に引っかけたシャレに違いない。

「シェルブール」は名前ばかりでなく、なかの老店主もなかなかシャレのきいた人だった。下の洋傘屋の後継にあたる人で、2階で喫茶店を始めたのは1980年、現在傘屋の方は兄上が店番をしている。そもそもこの傘屋というのが明治の10年代に浜町河岸（かし）の露店から始まった老舗（しにせ）で、手縫いの日傘を皮切りに、料亭や劇場に和傘を卸していたらしい。

「傘屋を始めた婆ちゃんは井伊大老が暗殺された日の生まれなんで、大老の生まれ変わりって言われてたんだよ」

　店名について尋ねると、

「修業してた東京オリンピックの頃かなあ、日比谷を歩いていたら『シェルブールの雨傘』のロードショーやってて、別に映画好きじゃなかったんだけど傘屋のせがれだったから観とかなくちゃいけないかなって……」

おかしなエピソードが次から次へと飛び出す。喫茶店はこの71歳のマスターとご夫人、お嫁さんの3人、ファミリーなムードで運営されている。

メニューも面白い。〈皇室御利用　ロイヤルブレンド〉というのは、どうやら宮内庁に卸しているのと同じ豆らしい。また〈焼肉丼〉に「人形町の日山さんの牛肉使用」と但し書きが付いているが、これは人形町通りの老舗・日山肉店から仕入れたものなのだ。僕はこの店でまだ食事を試したことはないのだが、〈焼めし　ソース味〉なんてのはそそられる。

ところで、店の窓越しに桜の街路樹が眺められる。季節には、ちょっとしたお花見が愉しめることだろう。実はこの桜、半蔵門線敷設の折に、マスターが町内会の指揮をとって営団（東京メトロ）に植えさせた……というのだが、横で奥さんと嫁さんが苦笑いしていたから、これも多少尾ヒレのついた話なのかもしれない。

喫茶店学—キサテノロジー

井上ひさし

そのころ、ぼくはコーヒーを、月にすくなくとも二〇〇杯は飲んでいた。そのころというのは昭和三五年から数年間のことで、当時、コーヒーの値段は一杯六〇円前後。したがって、月に一万二〇〇〇円ばかりの金を、あの黒褐色の液体のために投じていたわけである。

新橋駅の近くのガード下の映画館で、三ヵ月おくれの邦画が一本、三〇円で観ることのできた時代に、コーヒー代に一万二〇〇〇円もさくのは、かなり痛かったが、とにかく朝の八時半になると新橋田村町の喫茶店で、その日の一杯目のコーヒーを口の中に流し込みながら一日の仕事の手順をあれこれ思案し、そして、夜の一〇時すぎ、（今日も仕事が計画どおりには進捗（しんちょく）しなかったわい）などとぶつくさぼやきながら、その日の六杯目か七杯目かのコーヒーを口に含（ふく）む。これがそのころの日常だった。

朝早くから夜遅くまで喫茶店に籠っていたのは、コーヒーが好きだったからではむろんない。正直に言えばコーヒーは嫌いである。ブルーマウンテンがどうでござい、キリマンジャロがこうでございと、喫茶店の主人がいろいろと註釈を施(ほどこ)してくれたけれども、こっちの舌には、水道の水のほうがずっと旨(うま)く感じられる。特に体調の整わない日など、コーヒーを六、七杯も飲むのはほんとうに重労働だった。

しかし、とにかくそのころのぼくは、その好きでもない液体をがぶ飲みする必要があった。なにしろそうしないと、仕事ができなかった。つまりコーヒー代の一万二〇〇〇円は部屋代ないしは場所代のつもりだったのである。

放送局のそばに心易い喫茶店を作っておくと様ざまな利点があった。

第一に、稼ぎもあまりなく、家を持つどころか二間や三間のアパートを借りる金もなかったぼくなどには、喫茶店の一隅が書斎として使えるからありがたかった。つぎに放送局が近いから仕事に便利である。そのつぎに、当時、放送は新しいなにものか、言ってみれば新しい風俗であり、その新風俗の一端に繋(つなが)って、ひらひらとそよいでいるのはなんとなく恰好(かっこう)いいように思え、したがって喫茶店で台本を書くのも好ましいことのように思われた、あるいはそう思い込んでいたのである。大げさに言えば、放送の青春と手前の青春がうまく重っていたわけだ。

「井上さん、ＮＨＫから電話ですよ」

レジ係の女の子が、声高に呼ぶ。店内の客たちの視線が一斉にフロントのガラスケースの上の電話に集中する。そこへ、ぼくが入って行く。そのときの晴れがましさ、おそらくスターがスポットライトの光の輪の中に入って行くときの気分もこんなものかもしれぬ、とまあそんなことが嬉しかったのだから無邪気なものだ。

「はーい、井上です。あ、これはこれは、誰かと思えば何某ちゃん」

知らない人が傍で聞いていれば、ぼくの大げさな口調から、たとえば、この若者は一〇年間も音信の途絶えていた旧友から突然電話をもらったのだろう、と思うかもしれない。ところが、じつはその何某ちゃんとは前日にも逢っている放送局のディレクターなのだ。

「なにはともあれお早ようございます」

放送の世界も芸能界と同じく、たとえ深夜でも口火のコトバは「お早ようございます」である。そして別れるときは「おつかれさま」つまりこれは隠語のようなもの。自分の属する世界の隠語を得意気に撒き散らすのも青年にありがちな山ッ気というものので、いま、思えばなにやらほほえましい。

「朝のうちに台本を届けておいたけど、まあ、あんなもんでしょう。えっ、九坊が出られなくなった。スケジュールがだぶっていた。なるほど、坂本九は売れてますね。もっともいまが旬だからな」

このへんの会話（やりとり）（といっても相手が電話だから、こっちの独白大会のようなものだが）にも店内の客たちに対する計算がある。まず「九坊」と言っておいて、その「九坊」とは坂本九のことですよ、と種明しをし、全盛の坂本九とは「やあ、九坊」＝「これは先生（せんせ）」づき合いしていることをほのめかしながら、突然、「坂本九は売れてますね。もっともいまが旬だからな」とつけ加えることによって、それほど親しい間柄でありながら、売れなくなったらこっちはポイと捨てるぞ、と冷めたいところも見せているわけだ。

「……すると九坊の出ている個所は直さなくっちゃいけませんね。代役はだれです。飯田久彦（いいだひさひこ）？　ふーん、飯田久彦ねえ。まあ、いいでしょ。じゃ直しときます。ときに何某（なんとか）ちゃん、昨夜（ゆんべ）、四谷（エフヤ）の酒場（アーバ）で酔っ払（ぱらよ）って言い寄って（かけしし）きた女の子（ナオンチャン）とあのあとどうなった。なんということもなく別れた。また嘘（ソーウ）つく。とにかくこりゃ飯（シーメ）もんだな。でないと奥さん（チャンカア）に……、冗談々々。ほんじゃね」

当人は粋（いき）がって放送界ではもっとも勢力のある隠語の楽隊用語（ドンババーコト）を知っているだけ総揚げしているのだが、これが東北訛（なまり）なのだから、粋などころか滑稽（こっけい）だ。もっとも当時のぼくには自己批判力は皆無で、かなりいい気分になって受話器を置き、席に戻る。つまりこんなことが生き甲斐だったので、その舞台として喫茶店が必要だったわけである。

そのほかにも喫茶店を仕事場にすると様ざまの便宜があった。打合せにやってくるディレクターにいちいち自分でお茶を入れずにすむし、仕事をしながら有線放送で流行歌を憶えることもできる。腹が空けばサンドイッチを頼めばいいし、原稿用紙や鉛筆を預けておけば鞄も不必要だし、なによりも喫茶店のウエイトレスと艶っぽい間柄に、あ、これは一度もなれなかった。

とは言っても、どんな喫茶店でも仕事場に向くとは限らない。まず、卓子の高さが問題になる。その卓子で、一日平均五〇枚の原稿をこなさねばならぬのだから、これはゆるがせにできないのだ。そして、できれば卓子の面積は広いのがよい。灰皿、原稿用紙、コーヒー・カップ、水の入ったコップ、すくなくともこの四種のものが同時に載る広さが必要である。でないと原稿を書くときは煙草がのめず、煙草をのむ間は原稿が書けないなどということになる。コーヒー・カップと水の入ったコップは、むしろ卓子の備品として考えるべきである。いくら卓子がせまいからといって、ウエイトレスにこの二種の器物を下げさせてはならぬ、というのが長い間の喫茶店ジプシー生活でぼくの得た智恵である。この二種の器物を下げさせると、喫茶店側の態度が、微かにだが、冷やかになる。おそらく、バーやクラブで露骨にホステスを口説く客がなんとなく嫌われるのと理由は同じだろう。原稿を書きに来たのであって、コーヒーを飲みに来たのではない、これをはっきりと示されると、なんとなくいやな気分になるらしいのだ。

ちかごろの喫茶店の卓子は、この観点からするとほとんど落第である。どこの卓子も低すぎる。その上、卓子の面積がせますぎる。もっとも喫茶店にしてみれば、これは余計なお世話というものだろう。原稿を書くお客を目当てに喫茶店を経営しようという店主がいたらかえっておかしなものだから。

さて、卓子の次に椅子を調べる。上等の椅子はすべて失格だ。とくにソファ風の、腰を下ろすと自然に背中が背凭れにくっつくような極上ものは問題外である。反りかえって原稿は書けぬ。

卓子と椅子の点検がすめば、店内面積を見る。手狭なのは論外だが、やたらに広いのも腹に力が入らない。茫乎たる宇宙空間に投げ出されたようで、原稿を書くどころではなくなる。

標準よりすこし広くて、凸所あり凹所あり、忍者寺とまでは行かなくても、つくりが複雑怪奇であれば理想的である。店内の照明は明るすぎてはいけない。店内に流れる音楽について言えば、有線放送を利用しているところが絶対によい。なにしろこっちは一日中、そこに居るのであるから、クラシック喫茶などを根城にしたらとんだことになる。あんな音楽を一日一二時間以上も聞いていたら、きっと頭の脳味噌が干上ってしまうにちがいない。

ところで最も重要な点検個所はウエイトレスである。若くて器量のいいウエイトレスの揃っている店はわれら喫茶店書斎派には最大の鬼門である。まず、こっちは彼女たちに見とれて仕事に身が入らないし、向うも仕事に身を入れていない。身の入らぬ同士が同じ屋根の下にいるのは不幸の因(もと)だ。

ぼくが田村町界隈をひらひらしていたころ、美人喫茶というやつが雨後の筍(たけのこ)のようにあちこちにできていたが、あの界隈についていえば、美人喫茶は銀座の高級バーやクラブの予備校だった。

(また、きれいな娘(こ)が入ったな)

と思っていると、三ヵ月も経たぬうちにきまって姿が見えなくなった。出世して銀座の女になったのである。

それはとにかく、美人を集めることのできる経営者は敏腕家(やりて)である。そして彼は美人を集めることにも敏腕だが、客を集めることにも同じく有能である。つまり、彼の経営する店は客の回転が早い。そういう店に朝から晩までどでーんと居据わっているにはかなりの強心臓が必要だ。だから美人の揃っている店は避けた方がいい。

では、どんなウエイトレスの居る店がよいか。まず、人数は三人。ひとりはその店に五年ぐらい勤続していて二五、六。次が店の唯一の看板で店に居ついてようやく一年の二一、二。きれいはきれいだが正統派美人ではなく、どこか一ヵ所欠点のある娘。

三番目がアルバイト、もっとも店の居心地がいいので一ヵ月のつもりがつい六ヵ月になってしまったというような女の子。こういう構成の店がぼくの経験では、仕事場として最適である。その上、中年の内気な主人がカウンターの中でコーヒーを沸(わか)し、その奥さんが陽気な人で、レジをやっているというような店であればもういうことはない。

なお、表通りに面した店も避けた方がよろしい。表通りから横丁に入って、同じ規模の喫茶店が三、四軒並んでいる前を通りすぎ、さらにもうひとつ右か左に曲ると、ぽつんと一軒、古い造作の、結構、奥行きのありそうな店があり、ドアを押すと、「いらっしゃい」と声を掛けるのは、ちょっと中年肥りした小母さん。金ができるたびに継ぎ足したのか、もとは普通の家屋だったのか、一段高い床(フロア)があったと思うと、途中からまた一段低くなり、あちらに凸所、こちらに凹所。カウンターではウエイトレスが三人、なにがおかしいのかクスクスと笑って居、カウンターの中から小父さんが三人に、「おい、おい、お客さんだよ」と注意するが、まだ笑い声は熄(や)まぬ。有線放送からはちあきなおみの『夜間飛行』が流れており、それを聞きながらさらに奥へ進むと、レジからもカウンターからも死角になっている隅に、ちょっとがたつく年数を経た二人用の木製の高い卓子に、簡易食堂でよくお目にかかるような固い椅子……。

たとえば、このような店があったとしたら、そここそは神の授けたもうた地上最良の仕事場である。そんな店へ毎日出かけて行き、こつこつと小説を書き、一〇枚書くごとに、近くを散歩したり本を読んだりして、暮すことができたらどんなにかいいだろう。

じつはぼくが放送の仕事を始めたころ、新橋の田村町に、いま申し上げたような理想的な喫茶店があったのです。しかもなお理想的なことに、そこには中二階があり、その隅の席がレジからもカウンターからも見えず、そこに坐るとまことに仕事のはかが行く。そこでぼくはその店を根城にきめたのだが、ぼくら放送ライターが居着くと、その喫茶店は一時大いに繁昌(はんじょう)することになっている。まず、前に述べたように、コーヒー代だけで一日四〇〇円の売上げがある。こっちは朝から晩までコーヒーばかり飲んでいるわけにには行かぬから、ジュースにミルクセーキ各一杯ずつ、それにサンドイッチを一皿か二皿はきっと注文する。これだけでコーヒー代の四〇〇円と合せて七〇〇円にはなる。

さらに打合せにディレクターが入れかわり立ちかわりやってくる。そのあたりから、ぼくの筆は遅く、台本が書き上ると、印刷所へ入れる前に、その場でキャスティングや音楽打合せをしなければ間に合わない。つまり、ぼくとディレクターの居る中二階に、NHKの一部が移転したようなもの、各劇団のマネージャーが来る、作曲家が立ち寄る、美術デザイナーがつめかける。この売上げが大きいのだ。

そうなると、小母さんも三人のウエイトレスもぼくを特別扱い。

「あたしたち、ラーメンをとるんだけど、井上さんのも一緒にとってあげようか」

と、勤続三年のお姉さん株のウエイトレスがくる。

「ぼくはいいですよ。この店のサンドイッチをもうすこししたら注文しますから」

「およしなさいよ。うちのサンドイッチは一二〇円もするのよ。ところがラーメンは五〇円……」

「店に悪いから、ぼくはいいです」

「悪くないわよ。小父(マスター)さんがそうしなさいって言っているんだから……」

ラーメンを食べていると、勤続一年の看板ウエイトレスが、リンゴかなんかを持ってくる。

「小母さんがお食べなさいって」

三時ごろになるとアルバイトのウエイトレスが、盆に番茶とおかきをのせて現われ、

「コーヒーばかりじゃ飽(あ)きるでしょう。小父さんが、これをどうぞって」

と、卓子の上に置く。向いの席のサラリーマンがこっちを見て、

「あ、おれたちもその方がいいや。ここ四人とも、番茶におかき。コーヒーは取り消しだ」

「だめなんです」

「なにがだめなんだ」

「こちらのお客さんは特別なんですから」

「ちぇっ、差をつけるんだな。しょうがねえや。コーヒーでいい」

仕事が閉店時間の一〇時までに終らないこともしばしばある。（別の店を探さなくちゃいけないかな……）と考えながら鉛筆を走らせていると、小母さんが中二階に上ってくる。

「お勘定だけいただきたいんです。レジをしめますから」

「すみません。ぼくももう出ます」

ぼくは二枚の伝票にお金を添えて小母さんに手渡す。朝からいろんなものを注文するので、一枚の伝票では間に合わず、たいてい二枚にまたがってしまうのである。

「店でそのままずーっと仕事をなさっていていいんですよ。その原稿、明日の朝の六時に印刷所へ入れないと、明日の本読(ほんよみ)に間に合わないんでしょう」

ぼくが出入りするようになってから、小母さんはＮＨＫのことにばかに詳(くわ)しくなったのだ。門前の小僧の、つまりは小母さん版。

「わたしと主人は間もなく帰りますから、戸締りと火の用心だけは、しっかりお願いしますね」

「でも、それじゃあ——」

「いいえ、いいんです。お帰りになるときは鍵を入口の植木鉢の下に入れておいてくださいね」

　というようなわけで、ぼくは一週間にすくなくとも一度はその店で徹夜をした。だが、向うも仕合せ、こっちも幸福という時代は、じつはここまでである。馴れ合いがすぎると、やがてすこしずつ崩壊が始まる。これを最初に気付くのは他の客だ。同じ質で同じ量のコーヒーにだれもが同じ六〇円を投じているのに、ある客だけが大事に扱われ、他の客たちは軽んじられる。なぜこのような不平等が許されるのか。とにかくこのままではいけない。革命を起そう。世直しをしよう、ということには喫茶店の場合はならない。客はこの不平等な店を見限って、別の店を探しに行く。ぼくが引っぱってきた客の数とは較べものにならないほど大勢の固定客たちがぱったりと寄りつかなくなる。

　その店の場合は、他にも理由があったけれども間もなくつぶれてしまった。

山元護久氏と二人で『ひょっこりひょうたん島』を書いていたころは、五年間に二人で田村町界隈の喫茶店を少くとも五軒はつぶしたのではないかと思う。ぼくひとりでさえ喫茶店の雰囲気ががらりと変ってしまうのに、これが二人なのだから、もう駄目である。

　最初の一週間は変った客と思われる。二週目はぼくらがナントカという喫茶店を新しい根城にしたそうだから行ってみよう、とディレクターたちがやってくる。店はその気配から「あの二人があの『ひょっこりひょうたん島』を書いているらしい」と気がつき、急にサービスを向上させ始める。向上させるといっても入るときと出るときの二回、にっこりしてみせるぐらいであるが。三週目あたりから、ディレクターたちも腰を落ちつけ始める。関係者が出入りし始める。売り上げが目に見えてよくなって行く。四週目から一〇週目あたりまでが、ぼくらと喫茶店側の蜜月時代である。一一週目あたり、店側はこのごろかつてよくきてくれていた固定客の足がなんとなく遠のいているのではないかということを感じ始める。一二週目のある日、店の女の子が休憩時間に外のラーメン屋で、かつてよくきた固定客とばったり出逢う。そして短い会話。

「このごろ来ないわね」

「ああ、なんだか騒々しくて感じ悪いからだよ」

店へ戻った女の子はマスターに報告する。

「このごろ、うちの店の感じがとても悪いそうよ」

ここでマスターが何も気付かぬようであれば、その店は二七週あたりにはすっかり荒廃し、三六週目あたりには、他人の名義になってしまう。一方、わかっているマスターは、そのひとことですべてを見抜き、一三週目の最初の日あたりにぼくらにこう切り出す。

「ほかの店へ移ってくれませんか」

ときには、わざと意地悪をしてこっちを怒らせて、体よく厄介払いをしてしまう。不思議なことに、一三週目あたりで、ぼくらに対する態度を変えてくるのは例外なく、韓国か中国の人の経営する店だった。ひょっとするとこの種の馴れ合いはわれわれ日本人の一八番なのかもしれない。

蝙蝠傘の使い方

種村季弘

まずいコーヒーの話ならいくらでも書ける。

それというのもその頃は、金無垢のコーヒーなるものは映画のなかで見るだけで、現実にお目に掛ることはめったになかったのだ。茶色に濁った液体をカップに注いで、「はい、コーヒー」と言って出せば、それがその場でコーヒーになった。

中身がドクダミの煎じたのであろうが、ゲンノショウコであろうが、ハトムギやドングリの焙煎したものであろうが、とにかく煮出して茶色くなればそれがコーヒーで通り、飲む方はコーヒーを飲んでいるのだというある種の感情に浸るのが先決であって、味なんぞに四の五のいうゆとりはなかった。

だいいち、ともかく戦前のコーヒーの味をおぼえている人はそんなものには手を出さないし、一方、決死の覚悟で飲むことにきめた人間の方は、アメリカ映画に出てくるコーヒーをイメージの上で知っているだけで実物を飲んだ経験はないのだから、コーヒーと名のついたものがコーヒーと思うほかはなかった。戦後もまだ昭和二十四年頃のはなしである。

やはりその頃、シャルル・ボワイエとイングリット・バーグマン主演の「凱旋門」という映画がきて、カルヴァドスという酒を二人で飲むシーンが評判になった。

カルヴァドスとは何か。いまならノルマンディー産の林檎酒という答がくるのが常識だが、当時の日本人でそんなものを飲んだことがあるのは戦前フランス帰りの何人かしかいなかっただろう。まず大多数の人間が見たことも聞いたこともない酒だったのである。

そのカルヴァドスを飲ませる店が有楽町にあるという耳寄りな話を聞いた。そこで板橋にある高校から数人の悪童どもが連れ立ってのぞきにいった。

そのお店は、有楽町駅から旧日劇裏にかけての、わりあいに早く復興した飲食街の一角にあった。表通りに面して大ガラスが何となくパリ風に飾り立てられ、窓枠や押し扉は白ペンキ塗り。そこでカルヴァドスを注文するとカルヴァドスが出た。カルヴァドスはやや黄ばんだ透明色の液体で高脚杯に注がれており、他に白い小皿にサキイカが盛ってある。

カルヴァドスの衝撃は劇的だった。有楽町から帰りの電車に乗って神田まで来ないうちに覿面（てきめん）の効果があらわれるのだ。全身が一本の水鉄砲となり、電車のかるいゆれにつれて口の先から車窓ごしにざっと二メートル先までカルヴァドスがピューと噴き出す。白い墨を吹く蛸のような気持でそれを吐き出していると、出てゆくときに二度目に味わうカルヴァドスは何となくオミオツケ臭かった。

あとで聞くと、カルヴァドスは薬用アルコールにサッカリンを入れ、それに花ガツオの煮汁をぶち込んでかき回したものなのだそうであった。そのお店の屋上でソバ屋の二番ダシみたいに花ガツオを天日に干している現場を見た、という目撃者の情報も入ってきた。

何を飲ませようが、客がその場で即死しなければ犯罪にはならない。そういう毒殺すれすれの得体の知れないまぜものでも、名前をつけさえすれば勝であった。中身がどうあろうと、カルヴァドスと名のつく以上はカルヴァドスであり、コーヒーと名がついているのだからコーヒーなのだ。それがイヤなら飲まなければいい。

そういうわけでゲンノショウコとドングリの煮出しに何かある秘密の物質を混ぜた形跡があるようなものを、自他ともにコーヒーと称して飲んでいた。それを何とか口に入れるには、いくら何でも甘味料でごまかさなくてはならない。ところが、その砂糖がまた容易には手に入らないときている。

文無しの悪童どもの貧しい脳味噌のなかでは、しだいにお菓子（コケイン）の国幻想のようなものが肥大してきた。

何でもキューバのハヴァナでは、まずコーヒー・カップ三分の二程を砂糖で満たし、その上にコーヒーを注いで、底から自然に滲み出る砂糖の甘味で一口か二口コーヒーを飲み、しかるのちに残りの砂糖は外へポイと捨てるのだそうだ。だから捨てた砂糖が、そこら中いちめん、道路や浜辺に吹雪のあとのように堆積して、その上をまた砂糖袋を担いだはだしの黒人奴隷たちが、ザラザラ砂糖をこぼしながら蟻のようにえんえんと行列してゆく。

ウルトラマリンの海、カリブ海のそよふく風、抜けるように晴れ上った夏空、沖合にはハリケーンを予告する積乱雲、真白なヨットの上から聞こえてくるキューバン・ミュージック。葉巻の強いにおいの漂う屋外のカフェ・テーブルの上にはラムとコーヒー。ああ本物のコーヒーよ、本物のシュガーよ。

悪童たちの間で、どこかで砂糖をガメようじゃないかという謀議が持ち上った。板橋の高校からいちばん近い繁華街といえば池袋である。だけど悪事を地元ではたらくというのはあとがヤバイ。国電四つ先の新宿まで遠征することになって、手はじめに新宿のコーヒー店の情報を蒐集しにかかった。

伊勢丹角から三光町にかけて、表通りが新宿東宝や新宿文化のような映画館の立ち並ぶ一帯の裏手に「アデン」というお店があった。

いまでもあるかもしれないが、当時は新宿末広亭のななめ向いの、狭い木製階段を昇った二階にあった。クラシックのＳＰのかなりのコレクションがあり、いまでいう名曲喫茶のはしりのようなお店である。

手狭ではあり、知る人もすくないとみえて、いつ行ってもガラ空きである。他の店のようにあらかじめ盛り切りの砂糖入りコーヒーだったり、角砂糖一個ぽっきりだったりすることがない。無用心に放り出してある砂糖壺から好きなだけ砂糖を出して使えるのである。

銀行ギャングなみの下調べをしたうえで出掛けた。ついでにショパンをオーダーして、「小犬のワルツ」か何かの伴奏で一仕事やらかそうじゃないか。そのあたりまでの段取りは前もって打ち合わせてある。

そのほかに必要な用意といえば蝙蝠傘を携行してゆくこと。これは容器だ。蝙蝠傘は口元を三分くらいにすこし開いておく。お店の人が背を向けたすきに、テーブルの上の砂糖壺をさかしまにその蝙蝠傘のなかにザーッとあけるのである。それからまた傘の咽喉をすぼめる。

コーヒーとショパンを注文して、三人の悪が丸テーブルを囲んだ。お店の人がカウンターの向うにかくれるのを待って、一発目をさっと片づける。向うからコーヒーを運んでくる頃には、

「オイ、こっちがあいたぞ。こっちへ移ろうか」

とか何とか言いながら、二番目の、まだ砂糖壺が手つかずのテーブルへとおもむろに移動するのである。これ以上は作為が目立つというギリギリの限界まで息をこらして、何とか三つの砂糖壺の中身を蝙蝠傘のなかに移した。

レコードはショパンからベートーヴェンに変っている。「運命」だ。蝙蝠傘を手にして立ち上ると、思いなしか罪の重みに右腕がずっしりと重い。

申し遅れたが、蝙蝠傘を持ちあるいているのが不自然と思われない日といえば雨の日である。当り前の話だが、外は雨だ。そこで階下のドアを肩で押してなにげなく傘をさした。やんぬるかな、傘のなかに何が入っているのか、すっかり忘れていたのである。

砂糖壺三杯分の砂糖が頭の上からザーッとふってきた。頭から学生服の肩までそれが真白にふりつもる。

思わずギャッと声が出たのだろうと思う。ただならぬ気配に階上のお店の人がとび出してきた。

藤色のカーディガンを着た品の好い中年女性である。目の前の光景が何を意味するのか皆目見当がつかないので、まんまるに目を見開いて「あ、あ、あ」とこちらを指さしている。

階段をはさんで上と下とがどちらも、何事が起ったのか咄嗟の判断のきまらぬままに目と目を見交している時間が続いた。実際には半秒も経たない時間だったろう。それから、砂糖製の雪だるまのようなものがガタンとドアを押して外にころがり出ると、雨の舗道を傘もささずに、こけつまろびつ一散にはしったのであった。

珈琲の白い花

森本哲郎

蚊の声す忍冬（にんどう）の花の散ルたびに　蕪村

悲しいことに、私は酒が飲めない。酒が飲めないために、旅先で苦（にが）い思いをかみしめる場合がしばしばある。

ブドウ酒の名産地であるフランスのボルドーで、すすめられるワインをことわり、かわりにオレンジ・ジュースを注文するには、かなりの勇気が必要だった。子供までがビールをジュースのように飲むミュンヘンで、とうぜんのように目の前にジョッキを置かれたときの当惑は、我ながら情なかった。

また、アイルランドのダブリンで、コーヒーならいいでしょう、と言われ、いい、とこたえたばかりに、ウイスキーのたっぷり入ったアイリッシュ・コーヒーを飲まざるを得なくなったときの苦しみは、忘れようにも忘れられない。

酒なしで、よく旅ができるねえ、と友人がしきりに感心してくれる。しかし、その表情には、すくなからぬ憐憫の情がこめられている。

彼は、じつはこう言っているのだ。それじゃ旅の愉しみは半分しかないではないか、と。

たしかに、酒をたしなまないために体験できぬことはあるだろう。だが逆に、酒を飲まないおかげで体験できることも、いろいろとあるのだ。酒好きの友が酔ってホテルのバーで陶然としているとき、私はこっそりと抜けだして街をぶらつき、酔ってない眼でさまざまなものを見、醒めた気分でいろいろな印象を心に刻む。

翌朝、こんなことがあったよ、こんなものを見たよ、と言うと、酔って前後不覚に眠ってしまった友は、そうかあ、ぼくも行きゃよかったなあ、と残念そうな顔をする。だから私に言わせると、酒の好きな人は旅を半分しか愉しんでいないのである。

なぜなら、酒はなにも旅先でなくても飲めるからだ。旅先で酔うのも、わが家で酔うのも、酔ってしまえばおなじではないか。

そりゃ、ぜんぜんちがう、と反論されるかもしれない。それぞれの国の酒の味は、と。そこで飲む雰囲気は、と。それに対して、私のほうも再反論できるのだが、そんなことをしていたら、いつまでたっても先に進まないから、この辺で一方的に打ちきりにする。

ところで、私がなんでこんな話をはじめたのかというと、じつは、私は酒こそ飲めないが、そのかわりに——と言ってはおかしいけれど——コーヒーはやたらと飲むので、そのコーヒーについて語りたかったからである。

酒好きが酒場の雰囲気がたまらなく好きなように、私はコーヒー店が大好きなのだ。そこで、どんな町へ行っても、かならず、まっ先にカフェへとびこむ。だから私の旅の記憶には、いつもコーヒーの香りが漂っている。そんなわけで、私は自分の旅行記の一冊に、『珈琲のある風景』という副題をつけた。

ところが、これもまたお恥ずかしい話なのだが、そんなにコーヒーが好きでいながら、私はさっぱりコーヒー通（つう）ではないのである。むろん、いささかの好みはある。私はまるで紅茶のように薄いアメリカン・コーヒーだと、どうも飲んだ気がしない。それよりは濃いコーヒーがいい。けれどコーヒー通が、ブラジルとか、モカとか、ジャワとか、コロンビアとか、キリマンジャロというふうに、いろいろ飲み分けて愉しんでいるあの境地には、とうてい達していない。

正直なところ、私は目をつぶって飲んで、そのコーヒーの豆を識別する、などというマネはできない。いや、目をあいていたところで、おなじである。コーヒー専門店に行って、ずらりと並んだ豆を前にしながら、したり顔に「コロンビア」などと注文してはみるものの、私が味わっているのは、そうしたコーヒー店の雰囲気だけ、と言ってもいいくらいなのである。

そんな始末なのに、おこがましくも、『珈琲のある風景』などと題した本を書いたのは、いかにもまずかった。私はコーヒー通のように思われてしまったのである。せめて、〝あとがき〟だけでも読んでくれれば、その辺の事情はわかっていただけると思ったのだが、それは著者の虫のいい期待であって、私の知人の多くは、ただ題だけを読んで、

「ほう、きみはコーヒー通だったのか」と感心する有様だった。もうすこし念を入れて、目次ぐらいまで目を通してくれた友人のひとりは、こう言ったものである。

「おい、おい、世界のコーヒーを飲み歩いたそうだが、かんじんな国が抜けてるんじゃないかい。ここにはブラジルもなければ、グアテマラも、コロンビアもない。だいいち、ブルー・マウンテンが見当たらんじゃないか。こんなコーヒーの本て、ないぜ」

私がいくら弁明しても、彼はきく耳を持たなかった。彼はこちらの釈明に耳をかさず、私の腕を引っぱって、銀座のコーヒー専門店に連れてゆき、そこで私にブルー・マウンテンを二杯おごって、

「コーヒーといや、やっぱりブルー・マウンテンだな。こいつは何たって最高級品だよ。この香りさ」

と言いながら、ひとりでうなずいていた。

ところが、こちらは、そのときまで、なんとブルー・マウンテンがジャマイカ産の豆であることさえ知らなかったのである！

カリブ海に浮かぶジャマイカ島の空港に着くと、そこにマイクロバスが迎えにきていた。トランクを積みこみ、何人かの旅客が思い思いの席につくと、バスは海沿いの椰子（やし）の並木をキングストンの町へ向かって走った。紺碧（こんぺき）というよりエメラルド色に近いカリブ海の鮮やかな色に、旅行客はいっせいに歓声をあげた。

だが、私は反対に褐色の豆の色を胸に描きながら、ふ、ふ、ふ、と会心の笑（えみ）を洩らした。

さあ、ついにやってきたぞ、ジャマイカに。ブルー・マウンテンの故郷に。これで大きい顔ができるというもんだ。帰ったら、あいつに何て言ってやろうか。ブルー・マウンテンはやっぱり本場で飲まなきゃね、と〝説教〟したら、彼はどんな顔をするだろう。

たしかに、カリブ海の色は嘆声に値した。けれど、海の色より私の目を釘づけにしたのは、そのマイクロバスの運転台でハンドルを握っている黒人の老運転手の横顔だった。縮れたうすい頭髪はゴマ塩で、じっと前方を凝視している小さな目は、黄色く濁っている。年齢は、そう、五十代の半ばを過ぎているであろうか。

だが、彼はカクシャクとしていた。カクシャクと言うより、どっしりしていた、と言うべきであろう。「威厳」がハンドルを握っているかに思えるのだ。

身なりも、きちっとしていた。洗いざらした開襟シャツだったが、襟はぴんと立っていたし、木綿のズボンにも、きれいに筋がついていた。そして、まぶしいほど白いハンチングを、まぶかにかぶっていた。

その顔が、何とも言えないほど、いい表情だった。きびしさと温和さが相半ばし、見事に調和しており、苦労に刻まれたシワと、カリブの島に共通した南方的な陽気さとが、これまた申し分なく溶け合っていた。そして、お客に対して、きわめて慇懃でありながら、しかも、自分の信念はどこまでも貫く、といった強情さが、その全身からうかがえるのだった。

彼のすぐ横の補助イスに、黒人の少年がすわっていた。まだ、十二、三歳であろう。少年は先刻、この老運転手の指示に従って、空港で旅客の重いトランクをバスに積みこむのに大汗をかき、大声でバスを誘導したり、フェンダー・ミラーの向きをなおしたり、フロントガラスを拭いたり、コマネズミのように働いて、さすがに疲れたのか両腕をだらりと垂らし、身体をずらして低い背もたせに頭をつけて眠っていた。

彼だけではない。気がつくと旅客の大半が眠りこけていた。冷房のない車内は、ギラギラ光るカリブ海の太陽にあぶられて、気の遠くなるほど暑かった。

と、ハンドルを握っていた老運転手は、前方を凝視したまま、左手で少年の肩を激しくこづいた。少年は、ハッとして立ちあがり、目をこすってハンチングの顔をのぞきこんだ。

「いねむりなんぞするんじゃない。しっかりそこに立ってろ！」

ハンチングは前方を見つめながら低い声でそう言った。たぶん、そう言ったにちがいない。少年はうなずき、以後、イスにすわらずに立ちつづけていたからである。

とつぜん、バスは埃っぽい道の脇にとまった。ハンチングは少年に何かを命じ、少年はバスをおりて椰子の茂みに一散に走っていった。二、三分後、彼はきれいな開襟シャツに着替えてもどってきた。バスはホテルへ向って、ふたたび走りだした。私もついに睡魔に勝てず、深い眠りに落ちた。

ハンチングの老運転手と少年が父と子であることを、私はホテルに着いてから知った。ホテルへくる途中、バスがとまったのは、じつは彼の家の前で、父親は、

「なんだ、そのだらしのない身なりは！　シャツを着替えてこい！」と、息子に命じたのだった。

「こいつは、わしの助手でして、いま、きびしくしつけているのです。立派な運転手になれるように」

と、ハンチングの父親は私にそう言って微笑した。

少年は、そのそばで旅客のトランクをバスからおろし、ホテルのロビーに、よろけながら運びこんでいた。その姿を見守るハンチングの黄色く濁った、小さいけれど厳格な、厳格でありながら愛情に満ちた瞳に、私は、われわれの社会が、もうすっかり忘れてしまった「父親」の姿を見た。

翌朝。朝食をとりにロビーにおりてゆくと、マイクロバスは、もう、そこにきていた。少年は、せっせとフロントガラスをみがき、バケツでタイヤに水をかけている。少年は清潔なシャツを着ており、私を見ると直立して、

「グッドモーニング・サー」と言った。

私たちは、その日、おなじマイクロバスで市内を見物することになっていた。と言っても、見るべきものは、たいしてない。まず、スペイン人がつくった古い町を見る。民族博物館を見学する。キャッスルトン庭園を訪れる。かつての総督の官邸に行く……。

まあ、そんなところである。とは言え、どこを見まわしても、この島には、あの大航海時代の記憶がこびりついている。ジャマイカ島は一四九四年の四月末、コロンブスの二度目の航海によって発見されたのだ。

彼は上陸して、領有を宣言し、この島を「サンチャゴ島」と名づけた。むろん、領有は平和裡に完了したのではない。森かげから現われた数千人のインディオに、スペイン人は銃で応酬した。平和な浜は、たちまち修羅場と化した。インディオはバタバタ倒れた。

けれど彼らは勇敢だった。死体を踏み越え、踏み越えして突撃した。コロンブスはついに大砲を発射し、猟犬を放った。夜、戦いが一応収まったとき、浜には千人以上のインディオの死体がころがっていた。

だが、スペイン人たちは、この島にさして関心を抱かなかった。なぜなら、ここには、彼らがめざしていた黄金が、ほとんどなかったからである。が、コロンブスは九年ののち、ふたたびこの島に漂着し、衰弱して死の一歩手前まで追いつめられることになる。

インディオたちは、いまや力尽きたコロンブスをじわりじわりと包囲した。窮すれば通ず。運の強いコロンブスを救ったのは、彼が肌身離さず持っていたドイツの天文学者レギオモンタスの『天文暦』なる書物であった。そのなかに、今後三十年間に起こるべき月食の日付が計算されていたのだ。それによると、間もなく皆既月食の日がやってくるはずだった。

その当日、コロンブスは島の酋長を集めて、彼らの前で月食を予言し、予言は見事に適中する。

こうして、彼は酋長たちの畏怖をかちとり、やっと虎口を脱するのである。

だが――コロンブスの発見から四百八十四年のあとに、この島に上陸した日本人旅行者である私の関心は、むろん黄金ではなかった。褐色の、いや、洗いあげたときは青緑色をしているというコーヒーの豆であった。あのブルー・マウンテンである。

私は、ブルー・マウンテンというのはジャマイカ産のコーヒーにつけられたたんなる銘だと思っていたのだが、なんと、ジャマイカ島には、ブルー・マウンテンという山が、ちゃんとあるのである。

市内の見物が終わって、ホテルにもどったとき、私はバスの老運転手に、

「ブルー・マウンテンに行きたいのだが、その山はここから遠いのかね」ときいてみた。

「なに、わけありません。きのう空港からこのホテルにくる途中、右手に見えていたでしょう。あの山がブルー・マウンテンです」

とハンチングの運転手は、そうこたえた。

「どうかね、あす行ってもらえまいか。朝早く出れば、ひるまでには戻れるだろう？」

「はい、三時間のコースです。四人一組なら九ドルでまいります」

と彼は請け合った。希望者はマイクロバスが満席になるほど集まった。私たちは午前九時に出発した。

ブルー・マウンテンは標高約千三百メートル、たいして高い山ではない。私たちは途中、植物園に寄ってジャマイカの花を観賞し、さて、それから、ゆっくりとブルー・マウンテンを登って行った。きのうとおなじようにカリブの太陽はジリジリとバスの屋根を焼き、車内はたちまち、むしぶろのようになった。おまけに道が悪い。しかも、蛇のように曲がりくねっている。

「もういい、帰ろう！」という声さえ出はじめた。

「いま、しばらく辛抱してください。あとわずかです」

とハンチング氏は車内を制した。

「そうだよ。せっかくここまできて、コーヒー園を見ないで帰るなんて、くやしいじゃないか」

と、私も同調した。

道はいよいよひどくなった。「気分が悪くなったからとめて！」と女性客の一人がうしろから叫んだ。

ハンチング氏は車をとめ、

「すぐ、そこです。わずかの辛抱です」とみんなをなだめるように言って、ハンチングをぬぎ、汗を拭いた。

たしかに、すぐそこだった。バスはあえぎながら最後の急坂をのぼりつめ、ついに頂上らしいところに出た。そこに展望台があった。

だが、みんなキツネにつままれたみたいだった。どこをどう見まわしても、コーヒー園など見あたらなかったからである。コンクリートでかためられた広場のうしろに、コンクリートの要塞らしきものが陰気にそびえているだけなのだ。

「どこにコーヒー園があるんだい？」

と、みんなが口々に言った。私もハンチング氏に、

「コーヒー園はどこなんだ！」

と激しい語調で詰問した。

「コーヒー園？」とハンチング氏は、そのとき、はじめてきいたように、けげんな顔をした。そして、

「コーヒー園は、こんなところにありませんよ。もっとずっと山の奥ですよ」と、こたえた。

旅行客は、ざわめいた。私は啞然とし、つぎにカッとなって怒鳴った。

「それじゃ、何のためにこんなところへきたんだ！　コーヒー園に行く、という約束だったじゃないか。これじゃ詐欺だぞ！」

憤激した私のあまりの見幕に、少年はおろおろして、父親の背にかくれた。

ハンチング氏は、大きな黒い手で私をおだやかに制して、言った。

「あなたがたはブルー・マウンテンを見たい、とおっしゃったんではなかったのですか。ここがブルー・マウンテンですよ。キングストンの観光のコースで、ブルー・マウンテン・コースというのが、これなのです」

「それは……うん……たしかにブルー・マウンテンと言ったが、ブルー・マウンテンといや、コーヒー園のことじゃないか！」

と私はすこしうろたえて、さらに食ってかかった。

「いえ、ブルー・マウンテンとは、ここのことです。コーヒーが栽培されているのは、さらに高い、けわしい斜面で、そんなところには、こんなバスでは、とても行けたもんじゃありません。それに、コーヒーの木を見たければ、なにもそんな山奥に行かなくても、いま通ってきた山道にたくさんありますよ。帰りにごらんになったらいかがです？」

「それでいいじゃないか」

と旅行者の一人が言った。唇をかみしめている私以外のみんなが、それに賛成した。

ほとんどの客が私ほどにコーヒー園を見たいと思っていたわけではないのである。

「コーヒー園を見るより、ブルー・マウンテンを飲むほうがいいよ」

と、もう一人が言った。

みんな、どっと笑った。ハンチング氏の表情に、ようやく安堵の色がもどった。そして、彼は客の気持ちを、さらに和らげるように、

「はい。キングストンの町にブルー・マウンテンの豆の販売所があります。そこで、たっぷり飲めますよ。行きますか？」と一同にきいた。

「行こう、行こう」と、みんなが言った。

父親がどうなることかと見守っていた少年はニコニコして、バスのドアを片手で押え、

「プリーズ、プリーズ」と、自分の知っているわずかな英語を連発して、お客を車にのせた。

帰路。少年が、「ほら、あそこにもある！」と父親に耳打ちした。ハンチング氏は車をとめた。窓のすぐそばに、つややかな緑の葉をまとったコーヒーの木が白い花をこぼしていた。

だが、私の胸のなかは慙愧（ざんき）でいっぱいだった。私は、はじめてジャマイカ島に上陸

したスペインの征服者（コンキスタドーレス）たちよろしく、この優しい父親に向かって、あんなに声を荒ららげてしまった。なんという恥ずかしい行為だろう。ろくに調べもせずに。自分の軽率を棚にあげて。

私は謝罪の意をこめて少年に微笑してみせた。それとは知らぬ少年は、あわてて何度もうなずき、「イエース、ディス・イズ・カフィ」と、何度もくりかえした。ハンチングの父親は、それをじっと見ていた。

そのとき——私の頬をなでてジャマイカの微風が通りすぎた。そのあとに耳もとで、か細い蚊の声がした。

それは、泣くような声だった。

蚊の声す珈琲の花の散ルたびに

著者略歴

◎コーヒー革命『山猫珈琲 下巻』双葉社より

湊かなえ　みなとかなえ

一九七三年、広島生まれ。小説家。『告白』で本屋大賞、「望郷、海の星」で日本推理作家協会賞、『ユートピア』で山本周五郎賞受賞。その他おもな著作に『贖罪』『母性』『リバース』『カケラ』『残照の頂 続・山女日記』など。

◎ウィンナーコーヒー『戸越銀座でつかまえて』朝日文庫より

星野博美　ほしのひろみ

一九六六年、東京生まれ。写真家、ノンフィクション作家。『転がる香港に苔は生えない』で大宅壮一ノンフィクション賞、『コンニャク屋漂流記』で読売文学賞随筆・紀行賞を受賞。その他おもな著作に『のりたまと煙突』『みんな彗星を見ていた―私的キリシタン探訪記』『旅ごころはリュートに乗って』『世界は五反田から始まった』など。

◎コーヒー談義『兵士の報酬 随筆コレクション1』みすず書房より

野呂邦暢　のろくにのぶ

一九三七年、長崎生まれ。小説家。『草のつるぎ』で芥川賞受賞。その他おもな著作に『海辺の広い庭』『失われた兵士たち 戦争文学試論』『落城記』など。一九八〇年没。

◎古ヒー『娘の味 残るは食欲』新潮文庫より

阿川佐和子　あがわさわこ

一九五三年、東京生まれ。小説家、エッセイスト。檀ふみ氏との共著『ああ言えばこう食う』で講談社エッセイ賞、『ウメ子』で坪田譲治文学賞受賞。その他おもな著作に『聞く力』『ブータン、世界でいちばん幸せな女の子』など。

◎コーヒーとフィルトル『食いしん坊』河出文庫より

小島政二郎　こじままさじろう

一八九四年、東京生まれ。小説家、随筆家、俳人。評伝、小説、食味随筆など活躍は多岐にわたる。おもな著作に『緑の騎士』『わが古典鑑賞』『芥川龍之介』など。一九九四年没。

◎一杯だけのコーヒーから『洋食屋から歩いて5分』東京書籍より

片岡義男　かたおかよしお

一九三九年、東京生まれ。小説家、エッセイスト。『スローなブギにしてくれ』で野性時代新人文学賞受賞。その他おもな著作に『エルヴィスから始まった』『日本語の外へ』『短編を七つ、書いた順』など。

◎コーヒー哲学序説『寺田寅彦随筆集 第四巻』岩波文庫より

寺田寅彦　てらだとらひこ

一八七八年、東京生まれ。物理学者、随筆家、俳人。文学にも造詣が深く、多くの随筆を残した。おもな著作に『柿の種』『万華鏡』『寺田寅彦全集　科学篇』『寺田寅彦全集　文学篇』ほか。一九三五年没。

◎コーヒーと私『あまカラ』1961年11月号　甘辛社より

清水幾太郎　しみずいくたろう

一九〇七年、東京生まれ。思想家、評論家。おもな著作に『流言蜚語』『現代思想』『倫理学ノート』『わが人生の断片』など。一九八八年没。

◎コーヒーと袴『暮らしの雑記帖　狭くて楽しい家の中』ポプラ社より

永江朗　ながえあきら

一九五八年、北海道生まれ。著作家、評論家。おもな著作に『不良のための読書術』『本を読むということ』『四苦八苦の哲学』『なぜ東急沿線に住みたがるのか』など。

◎一杯のコーヒーから『向田邦子全集　新版　第十巻』文藝春秋より

向田邦子　むこうだくにこ

一九二九年、東京生まれ。脚本家、作家。「花の名前」などで直木賞受賞。代表作に「だいこんの花」「寺内貫太郎一家」など。おもな著作に『父の詫び状』『思い出トランプ』など。一九八一年没。近年編まれたエッセイアンソロジーに『海苔と卵と朝めし』『メロンと寸劇』『家業とちゃぶ台』などがある。

◎コーヒー『アカシア・からたち・麦畑』ちくま文庫より

佐野洋子　さのようこ

一九三八年、北京生まれ。絵本作家、エッセイスト。絵本『わたしのぼうし』で講談社出版文化賞絵本賞、『ねえ とうさん』で日本絵本賞、小学館児童出版文化賞、エッセイ『神も仏もありませぬ』で小林秀雄賞受賞。おもな絵本に『一〇〇万回生きたねこ』など。二〇一〇年没。近年編まれたエッセイアンソロジーに『今日でなくてもいい』『とどのつまり人は食う』などがある。

◎ピッツ・バーグの美人―本場「アメリカン・コーヒー」の分量『旅嫌い』マルジュ社より

草森紳一　くさもりしんいち

一九三八年、北海道生まれ。評論家。『江戸のデザイン』で毎日出版文化賞受賞。おもな著作に『マンガ考』『写真のど真ん中』『荷風の永代橋』『随筆　本が崩れる』など。二〇〇八年没。

◎そしてまたエスプレッソのこと『バナタイム』幻冬舎文庫より

よしもとばなな　よしもとばなな

一九六四年、東京生まれ。日本大学藝術学部文芸学科卒業。87年『キッチン』で第6回海燕新人文学賞を受賞しデビュー。著作は30か国以上で翻訳出版されている。近著『ミトンとふびん』で第58回谷崎潤一郎賞を受賞。note にて配信中のメルマガ「どくだみちゃんとふしばな」をまとめた文庫本も発売中。現在の筆名は吉本ばなな。

◎珈琲『異国美味帖』幻戯書房より

塚本邦雄　つかもとくにお

一九二〇年、滋賀生まれ。歌人、評論家。『日本人靈歌』で現代歌人協会賞、『魔王』で現代短歌大賞受賞。その他おもな著作に『麒麟騎手　寺山修司論』『源氏五十四帖題詠』など。二〇〇五年没。

◎ラム入りコーヒーとおでん『村上朝日堂の逆襲』新潮文庫より

村上春樹　むらかみはるき

一九四九年、京都生まれ。小説家、翻訳家。『風の歌を聴け』で群像新人文学賞、『世界の終りとハードボイルド・ワンダーランド』で谷崎潤一郎賞受賞。その他おもな著作に『ノルウェイの森』『海辺のカフカ』『1Q84』『騎士団長殺し』『一人称単数』など。訳書に『最後の大君』（スコット・フィッツジェラルド）など。二〇〇六年、フランツ・カフカ賞、二〇〇九年、エルサレム賞受賞。

◎トルコ・コーヒー『パイプのけむり選集　食』小学館文庫より

團伊玖磨　だんいくま

一九二四年、東京生まれ。作曲家、エッセイスト。交響曲、歌劇、歌曲から映画音楽や童謡まで手がけた音楽家。人気エッセイ「パイプのけむり」は三十七年もの長期連載を果たした。二〇〇一年没。

◎コーヒー『裏窓の風景』展望社より

外山滋比古　とやましげひこ

一九二三年、愛知生まれ。英文学者、評論家。評論の対象は英文学のみならず言語、教育、ジャーナリズムなど多岐にわたる。おもな著作に『修辞的残像』『知的創造のヒント』『ことわざの論理』など。二〇二〇年没。

◎三時間の味『珈琲記』紀伊國屋書店より

黒井千次　くろいせんじ

一九三二年、東京生まれ。小説家。『時間』で芸術選奨文部大臣新人賞、『群棲』で谷崎潤一郎賞、『カーテンコール』で読売文学賞、『羽根と翼』で毎日芸術賞、『一日　夢の柵』で野間文芸賞受賞。その他おもな著作に『五月巡歴』『枝の家』など。

◎カッフェー・オーレー・オーリ『ベッドでのむ牛乳入り珈琲』暮しの手帖社より

滝沢敬一　たきざわけいいち

一八八四年、東京生まれ。随筆家。横浜正金銀行に勤務しフランスのリヨン支店勤務となって以来、フランス文化や世相を日本に伝えた。おもな著作に『フランス通信』『シャンパンの微酔』など。一九六五年没。

◎ウィンナ・コーヒーが飲みたくなったなあ『植草甚一スクラップ・ブック10　J・J氏の男子専科』晶文社より

植草甚一　うえくさじんいち

一九〇八年、東京生まれ。文学、ジャズ、映画評論家。『ミステリの原稿は夜中に徹夜で書こう』で日本推理作家協会賞受賞。その他おもな著作に『ぼくは散歩と雑学がすき』『雨降りだからミステリーでも勉強しよう』など。一九七九年没。

◎可否茶館『爆撃調査団　内田百閒集成12』ちくま文庫より

内田百閒　うちだひゃっけん

一八八九年、岡山生まれ。小説家、随筆家。おもな著作に『冥途』『東京日記』などの小説のほか、『百鬼園随筆』『阿房列車』『ノラや』などの随筆も多数。一九七一年没。

◎カフェー『甘酸っぱい味』ちくま学芸文庫より

吉田健一　よしだけんいち

一九一二年、東京生まれ。英文学者、批評家、随筆家。『シェイクスピア』で読売文学賞、『日本について』で新潮社文学賞、『ヨオロッパの世紀末』で野間文芸賞受賞。その他おもな著作に『英国の近代文学』など。一九七七年没。

◎ランブル関口一郎、エイジングの果てのヴィンテージ『大人の達人』潮出版社より

村松友視　むらまつともみ

一九四〇年、東京生まれ。小説家。『時代屋の女房』で直木賞、『鎌倉のおばさん』で泉鏡花文学賞受賞。その他おもな著作に『私、プロレスの味方です』『夢の始末書』『アブサン物語』『幸田文のマッチ箱』『帝国ホテルの不思議』『アリと猪木のものがたり』『老人流』など。

◎国立　ロージナ茶房の日替りコーヒー『行きつけの店』新潮文庫より

山口瞳　やまぐちひとみ

一九二六年、東京生まれ。小説家、随筆家。『江分利満氏の優雅な生活』で直木賞受賞。その他おもな著作に『血族』『居酒屋兆治』など。一九九五年没。

◎極寒のコーヒー、灼熱のコーヒー『ムツゴロウの地球を食べる』文春文庫より

畑正憲　はたまさのり

一九三五年、福岡生まれ。小説家、エッセイスト、ノンフィクション作家。『われら動物みな兄弟』で日本エッセイスト・クラブ賞受賞。その他おもな著作に『ムツゴロウの青春記』『人という動物と分かりあう』など。

◎ある喫茶店『窓の向うのアメリカ』恒文社21より

常盤新平　ときわしんぺい

一九三一年、岩手生まれ。翻訳家、小説家。『遠いアメリカ』で直木賞受賞。その他おもな著作に『頬をつたう涙』『天命を待ちながら』『カポネ　人と時代』、おもな訳書にアーウィン・ショー『夏の日の声』など。二〇一三年没。

◎京の珈琲『京都のツボ　識れば愉しい都の素顔』集英社インターナショナルより

柏井壽　かしわいひさし

一九五二年、京都生まれ。エッセイスト。おもな著作に『京都の路地裏』『おひとり京都の晩ごはん』などのエッセイのほか、「鴨川食堂」シリーズ、『下鴨料亭味くらべ帖』などの小説も。

◎散歩のときちょっと珈琲を飲みたくなって『嗜み』2011年Spring号 文藝春秋より

泉麻人　いずみあさと

一九五六年、東京生まれ。コラムニスト、エッセイスト。おもな著作に『東京ふつうの喫茶店』『東京いつもの喫茶店』『大東京23区散歩』『東京いい道、しぶい道』『還暦シェアハウス』『銀ぶら百年』など。

◎喫茶店学―キサテノロジー『ブラウン監獄の四季』河出文庫より

井上ひさし　いのうえひさし

一九三四年、山形生まれ。劇作家、小説家。代表作に『頭痛肩こり樋口一葉』など。『道元の冒険』で岸田國士戯曲賞ほか、『手鎖心中』で直木賞、『吉里吉里人』で日本SF大賞ほか、『シャンハイムーン』で谷崎潤一郎賞、『太鼓たたいて笛ふいて』で毎日芸術賞ほか受賞。二〇一〇年没。

◎蝙蝠傘の使い方『好物漫遊記』ちくま文庫より

種村季弘　たねむらすえひろ

一九三三年、東京生まれ。ドイツ文学者、評論家。おもな著作に『怪物のユートピア』『ザッヘル＝マゾッホの世界』「種村季弘のラビリントス」シリーズなど。二〇〇四年没。

◎珈琲の白い花　『森本哲郎　世界への旅　第十巻』新潮社より

森本哲郎　もりもとてつろう

一九二五年、東京生まれ。評論家。おもな著作に『詩人与謝蕪村の世界』『サハラ幻想行　哲学の回廊』『ことばへの旅』『日本語　表と裏』『生き方の研究』など。二〇一四年没。

解説　珈琲にまつわる矛盾と神秘性について

堀部篤史

同じ一つの飲料について、なぜこうも異なった意見が並ぶのか。美味い不味いは人それぞれ、で片付けてはいけない。総勢三十名以上もの、錚々たる作家や文化人たちが珈琲について綴った本アンソロジーを通読すれば、いかにこの飲み物が怪しげなベールに包まれているのかがよく分かるだろう。

そもそも珈琲は、植物の種子を精製処理し、焙煎し、さらにはその豆を挽き、さまざまなアプローチで液体を抽出するという、複雑な過程にそれぞれ別の人間が関わって供される飲みものだ。そこには常に、珈琲という飲料を調理するのは誰なのか、という問題がつきまとう。一部は栽培過程に、一部は焙煎技術に、そして一部は飲み手自らが行うドリップなどの抽出法に、味を左右する要因が分散されている。その要因の曖昧さがある種の神秘性を招くのだ。

「茶は芸術品であるから、その最もけだかい味を出すには名人を要する」

（岡倉覚三『茶の本』村岡博訳）

かつて岡倉天心はこう断言した。谷崎潤一郎はかの有名な『陰翳礼讃（いんえいらいさん）』で、薄暗がりで食する羊羹の神秘性について描写しているが、肝心の味わいに関しては全くと言っていいほど触れられていなかった。味覚と同等に環境や文脈を重視する、このあたりの審美眼に、日本における珈琲崇拝の発端があるような気がしてならない。飲料が芸術品であり、味に気高さがあるということは果たしてあり得るのだろうか。愛好家であれば日に数杯飲むこともあるであろうデイリーな飲み物に、本当に名人が必要なのだろうか。しかし、自ら気高い芸術家たる作家たちはしばしば珈琲の神秘性を礼賛する。

野呂邦暢が伝聞で覚えたという珈琲を淹（い）れるコツはこうだ。

「地獄のように熱く、恋のように甘く、思い出のように苦（にが）く」

（野呂邦暢「コーヒー談義」）

具体的な技法が完全に無視されているだけでなく、科学的アプローチを積極的に排除するような、魔術的な儀式として珈琲が扱われている。珈琲は抽出温度を上げれば上げるほど味は崩れるとされ、すでに苦味や酸味を決定づける焙煎がなされた豆を用いて、ドリップの段階で甘い苦いを淹れ分けることは原理的には出来ないはずだ。しかし、珈琲を口にすることで「聴き馴れたレコード音楽が初めて耳にするもののように異様な美しさで私をとらえた」野呂の原体験は、このような出鱈目を信用するに余りある神秘性を帯びている。

そしてこのような曖昧さは、ときに基準を他者に委ね、権威主義を招く。そもそも「おいしいんだかまずいんだかわからない」（佐野洋子「コーヒー」）珈琲を、仲間外れにされる不安から飲み続けていたという佐野洋子は、東大の院生である、友人の兄がすすめるキリマンジャロに「全然味が違う」と話を合わせてしまう。外山滋比古はコーヒー・ゼリーに対して「子供向きのお菓子かもしれない」と訝しがりつつも、快男子たる「友人の国文学者」がたちまちとりこになったことで、みずからも安心して口にする。こういった背景には、供する側、つまり喫茶店主や焙煎人たちが長いあいだ、自らの仕事を積極的に神秘化し、客を煙に巻いたことにも原因があるはずだ。

「いま一つは、特に念入りに、珈琲道的信念を堅持して、コーヒーを出す喫茶店に限って、ほとんどが横柄、傲慢、「飲ませてやる」式のところだということ」

（塚本邦雄「珈琲」）

　塚本邦雄が綴るような当時の喫茶店のあり方は、昭和の日本における珈琲に対する理解度を大幅に遅らせ、さまざまな眉唾（まゆつば）ものの言説を広めるのに大いに一役買ったに違いない。一方でそういった神秘主義とは別に、珈琲の持つ機能の幅広さをうかがい知ることのできるエピソードも多い。

　井上ひさしは、好きでもない珈琲を「重労働」としながらも毎月二百杯以上飲み続けたと綴（つづ）るが、それは仕事場として喫茶店を使うための場所代でもあった。村上春樹はおでんとラム入り珈琲を、いずれも「暖まる」というフィジカルな効能を持った食品として並列に語っている。栄養のない純然たる嗜好品（しこうひん）である珈琲は、味わいだけでなく、「言い訳」にも「暖（だん）を取る」ためにも嗜（たしな）まれる。つまり、珈琲はその内側の神秘性と、外側にある多機能性によりその姿を変える玉虫色の液体なのだ。

　昨今この黒い液体にまつわる神秘性はそのベールを剝がれつつある。スペシャルティコーヒー協会はその味を数値化せんとし、焙煎度の違いを消費者がその嗜好にあわせて選択できるカフェや喫茶店は増えつつある。豆の粗さや抽出温度を飲み手が調整し、さらには自家焙煎までが身近な行為になれば、多くの人がより科学的に珈琲にアプローチできるようになるだろう。

だがしかし、日常にカップ一杯分のささやかなブラックホールが存在し、それに一喜一憂するさまは、われわれが昭和に置き去ってしまった、素朴さや、謙虚さ、信心深さと表裏一体ではないか。珈琲を科学から文学へと取り戻すことは、正しさに拘束されたわれわれの生活をすこし後退させてくれる魔術でもあるのだ。

（誠光社店主）

本書は、二〇一七年一〇月に小社より単行本で刊行されました。
単行本編者　杉田淳子、武藤正人（go passion）

◉編集部より

本書は、著者による改稿とルビを除き、底本に忠実に収録しております。収録作品のなかには、一部に今日の社会的規範に照らせば差別的表現あるいは差別的表現ととらえられかねない箇所が見られますが、作品全体として差別を助長するようなものではないこと、著者が故人であるため改稿ができないことから、原文のままとしました。

おいしい文藝
こぽこぽ、珈琲

二〇二三年一一月一〇日　初版印刷
二〇二三年一一月二〇日　初版発行

著　者　湊かなえ／星野博美ほか
発行者　小野寺優
発行所　株式会社河出書房新社
〒一五一―〇〇五一
東京都渋谷区千駄ヶ谷二―三二―二
電話〇三―三四〇四―八六一一（編集）
〇三―三四〇四―一二〇一（営業）
https://www.kawade.co.jp/

ロゴ・表紙デザイン　粟津潔
本文フォーマット　佐々木暁
本文組版　KAWADE DTP WORKS
印刷・製本　中央精版印刷株式会社

Printed in Japan　ISBN978-4-309-41917-6

お茶をどうぞ　向田邦子対談集

向田邦子　41658-8

素顔に出会う、きらめく言葉の数々――。対談の名手であった向田邦子が黒柳徹子、森繁久彌、阿久悠、池田理代子など豪華ゲストと語り合った傑作対談集。テレビと小説、おしゃれと食いしん坊、男の品定め。

わたしのごちそう365

寿木けい　41779-0

Twitter人気アカウント「きょうの140字ごはん」初の著書が待望の文庫化。新レシピとエッセイも加わり、生まれ変わります。シンプルで簡単なのに何度も作りたくなるレシピが詰まっています。

巴里の空の下オムレツのにおいは流れる

石井好子　41093-7

下宿先のマダムが作ったバタたっぷりのオムレツ、レビュの仕事仲間と夜食に食べた熱々のグラティネ――一九五〇年代のパリ暮らしと思い出深い料理の数々を軽やかに歌うように綴った、料理エッセイの元祖。

東京の空の下オムレツのにおいは流れる

石井好子　41099-9

ベストセラーとなった『巴里の空の下オムレツのにおいは流れる』の姉妹篇。大切な家族や友人との食卓、旅などについて、ユーモラスに、洒落っ気たっぷりに描く。

バタをひとさじ、玉子を3コ

石井好子　41295-5

よく食べよう、よく生きよう――元祖料理エッセイ『巴里の空の下オムレツのにおいは流れる』著者の単行本未収録作を中心とした食エッセイ集。50年代パリ仕込みのエレガンス溢れる、食いしん坊必読の一冊。

季節のうた

佐藤雅子　41291-7

「アカシアの花のおもてなし」「ぶどうのトルテ」「わが家の年こし」……家族への愛情に溢れた料理と心づくしの家事万端で、昭和の女性たちの憧れだった著者が四季折々を描いた食のエッセイ。

パリっ子の食卓

佐藤真　41699-1

読んで楽しい、作って簡単、おいしい！　ポトフ、クスクス、ニース風サラダ…フランス人のいつもの料理90皿のレシピを、洒落たエッセイとイラストで紹介。どんな星付きレストランより心と食卓が豊かに！

食いしん坊な台所

ツレヅレハナコ　41707-3

楽しいときも悲しいときも、一人でも二人でも、いつも台所にいた——人気フード編集者が、自身の一番大切な居場所と料理道具などについて語った、食べること飲むこと作ることへの愛に溢れた初エッセイ。

早起きのブレックファースト

堀井和子　41234-4

一日をすっきりとはじめるための朝食、そのテーブルをひき立てる銀のポットやガラスの器、旅先での骨董ハンティング…大好きなものたちが日常を豊かな時間に変える極上のイラスト＆フォトエッセイ。

おなかがすく話

小林カツ代　41350-1

著者が若き日に綴った、レシピ研究、買物癖、外食とのつきあい方、移り変わる食材との対話——。食への好奇心がみずみずしくきらめく、抱腹絶倒のエッセイ四十九篇に、後日談とレシピをあらたに収録。

小林カツ代のおかず道場

小林カツ代　41484-3

著者がラジオや料理教室、講演会などで語った料理の作り方の部分を選りすぐりで文章化。「調味料はピャーとはかる」「ぬるいうちにドドドド」など、独特のカツ代節とともに送るエッセイ＆レシピ74篇。

小林カツ代のきょうも食べたいおかず

小林カツ代　41608-3

塩をパラパラッとして酒をチャラチャラッとかけて、フフフフフッて五回くらいニコニコして……。まかないめしから酒の肴まで、秘伝のカツ代流レシピとコツが満載！　読むだけで美味しい、料理の実況中継。

おばんざい　春と夏

秋山十三子　大村しげ　平山千鶴　41752-3

1960年代に新聞紙上で連載され、「おばんざい」という言葉を世に知らしめた食エッセイの名著がはじめての文庫化！　京都の食文化を語る上で、必読の書の春夏編。

おばんざい　秋と冬

秋山十三子　大村しげ　平山千鶴　41753-0

1960年代に新聞紙上で連載され、「おばんざい」という言葉を世に知らしめた食エッセイの名著がはじめての文庫化！　京都の食文化を語る上で、必読の書の秋冬編。解説＝いしいしんじ

下町呑んだくれグルメ道

畠山健二　41463-8

ナポリタン、うなぎ、寿司、串揚げ、もつ煮込みなど、下町ソウルフードにまつわる勝手な一家言と濃い人間模様が爆笑を生む！「本所おけら長屋」シリーズで人気沸騰中の著者がおくる、名作食エッセイ。

みんな酒場で大きくなった

太田和彦　41501-7

酒場の達人×酒を愛する著名人対談集。角野卓造・川上弘美・東海林さだお・椎名誠・大沢在昌・成田一徹という豪華メンバーと酒場愛を語る、読めば飲みたくなる一冊！　特別収録「太田和彦の仕事と酒」。

魯山人の真髄

北大路魯山人　41393-8

料理、陶芸、書道、花道、絵画……さまざまな領域に個性を発揮した怪物・魯山人。生きること自体の活力を覚醒させた魅力に溢れる、文庫未収録の各種の名エッセイ。

香港世界

山口文憲　41836-0

今は失われた、唯一無二の自由都市の姿――市場や庶民の食、象徴ともいえるスターフェリー、映画などの娯楽から死生観まで。知られざる香港の街と人を描き個人旅行者のバイブルとなった旅エッセイの名著。

暗がりの弁当

山本周五郎　41615-1

食べ物、飲み物（アルコール）の話、またそこから導き出される話、世相に関する低い目線の真摯なエッセイなど。曲軒山周の面目躍如、はらわたに語りかけるような、素晴らしい文章。

魚の水（ニョクマム）はおいしい

開高健　41772-1

「大食の美食趣味」を自称する著者が出会ったヴェトナム、パリ、中国、日本等。世界を歩き貪欲に食べて飲み、その舌とペンで精緻にデッサンして本質をあぶり出す、食と酒エッセイ傑作選。

瓶のなかの旅

開高健　41813-1

世界中を歩き、酒場で煙草を片手に飲み明かす。随筆の名手の、深く、おいしく、時にかなしい極上エッセイを厳選。「瓶のなかの旅」「書斎のダンヒル、戦場のジッポ」など酒と煙草エッセイ傑作選。

中央線をゆく、大人の町歩き

鈴木伸子　41528-4

あらゆる文化が入り交じるＪＲ中央線を各駅停車。東京駅から高尾駅まで全駅、街に隠れた歴史や鉄道名所、不思議な地形などをめぐりながら、大人ならではのぶらぶら散歩を楽しむ、町歩き案内。

山手線をゆく、大人の町歩き

鈴木伸子　41609-0

東京の中心部をぐるぐるまわる山手線を各駅停車の町歩きで全駅制覇。今も残る昭和の香り、そして最新の再開発まで、意外な魅力に気づき、町歩きの楽しさを再発見する一冊。各駅ごとに鉄道コラム掲載。

わたしの週末なごみ旅

岸本葉子　41168-2

著者の愛する古びたものをめぐりながら、旅や家族の記憶に分け入ったエッセイと写真の『ちょっと古びたものが好き』、柴又など、都内の楽しい週末“ゆる旅”エッセイ集、『週末ゆる散歩』の二冊を収録！

ローカルバスの終点へ

宮脇俊三 41703-5

鉄道のその先には、ひなびた田舎がある、そこにはローカルバスに揺られていく愉しさが。北海道から沖縄まで、地図を片手に究極の秘境へ、二十三の果ての果てへのロマン。

時刻表2万キロ

宮脇俊三 47001-6

時刻表を愛読すること四十余年の著者が、寸暇を割いて東奔西走、国鉄（現ＪＲ）二百六十六線区、二万余キロ全線を乗り終えるまでの涙の物語。日本ノンフィクション賞、新評交通部門賞受賞。

汽車旅12ヵ月

宮脇俊三 41861-2

四季折々に鉄道旅の楽しさがある。１月から12月までその月ごとの楽しみ方を記した宮脇文学の原点である、初期『時刻表２万キロ』『最長片道切符の旅』に続く刊行の、鉄道旅のバイブル。（新装版）

HOSONO百景

細野晴臣　中矢俊一郎〔編〕 41564-2

沖縄、ＬＡ、ロンドン、パリ、東京、フクシマ。世界各地の人や音、訪れたことなきあこがれの楽園。記憶の糸が道しるべ、ちょっと変わった世界旅行記。新規語りおろしも入ってついに文庫化！

プーと私

石井桃子 41603-8

プーさん、ピーター・ラビット、ドリトル先生……子どもの心を豊かにする多くの本を世に出した著者が、その歩みを綴った随筆集。著者を訪ねる旅、海外の児童図書館見聞記も。単行本を再編集、新規二篇収録。

ニューヨークより不思議

四方田犬彦 41386-0

1987年と2015年、27年の時を経たニューヨークへの旅。どこにも帰属できない者たちが集まる都市の歓喜と幻滅。みずみずしさと情動にあふれた文体でつづる長編エッセイ。